Bondens søn

Af samme forfatter udgivet ved
Poul Erik Kristensen 2016 :

Fra min bitte-tid (erindringer)
Drengeår og knøsekår (erindringer)
Hedevandringer (kultur- og naturbeskrivelse)
Vredens børn (roman)
Arbejdets glæde (roman)
Vadmelsfolk (noveller)

Jeppe Aakjær

Bondens søn

Udgiverens forord

Jeppe Aakjær (1866-1930) er en af Danmarks store forfattere. Hans første bog blev udgivet i 1897. Herefter kom der nye titler med jævne mellemrum, og flere kom endda i adskillige oplag.

Men tiden går, og retskrivningen ændres. Derfor har jeg i 2016 med nænsom hånd redigeret en række af Jeppe Aakjærs bøger for at fjerne nogle irritationsmomenter for nutidens læsere. Her har mit udgangspunkt været, at hvis jeg var i tvivl om en rettelse, fik Aakjærs egne ord lov til at bestå. Forfatteren har med andre ord hele tiden stået over grammatikken.

Navneord skrives med lille begyndelsesbogstav, med undtagelse af forskellige egennavne ændres aa til å, gamle stavemåder erstattes af nutidens, og enkelte ord erstattes af nye, der er mere forståelige. Endelig er der også hist og her, men bestemt ikke i noget stort omfang, blevet ændret en smule på tegnsætningen.

De fleste læsere vil formodentlig støde på dialektord, som de ikke helt forstår. Som regel vil det ikke betyde noget for forståelsen af helheden, men ellers kan ordet som regel findes på nettet i ordbog over det danske sprog.

Mit råd til læseren skal i øvrigt være: Læs bogen langsomt og med jysk sindighed. Så møder du Aakjærs mange finurligheder.

Poul Erik Kristensen

1

Åen var det sandede landskabs sjæl, og den leende måne havde aldrig set sin naragtige maske i et klarere spejl. Den udsprang dybt inde mellem tunge lyngbakker - ingen vidste rigtig hvor - og listede sig langsomt og tøvende uden larm og uden vrede ud mod en arm af Limfjorden med al hedens brede alvor i sine bølger og med stimer af spættede laks på sin bund. Men som om den ugerne opgav sin selvstændighed og blandede sin ferske strøm med fjordens bitre, grønlige vand, gjorde den vejen så lang som muligt, idet den under hvasse bugtninger kastede sig snart mod øst og snart mod vest - som en hugorm, man levende vil drive ind i en brændevinsflaske.

I tusinder af år havde den gået på samme stilfærdige måde og hulet sine brinker og skjult sig mellem bankerne, for så omsider at finde sig i sin skæbne og lade sig opsluge af den grådige fjord.

Den havde vel ikke skabt hverken kultur eller velstand, men dog var den hedelandets Nil, uden hvilken adskillige af de lave, pjuskede gårde derinde på sandagrene næppe kunne have forrentet de store lån. For gav end agrene brød, var det åen, der gav sul og smør på brødet. Thi på milelange strækninger trækker de træge banker sig tilbage og giver plads for de grønneste enge, der især er af en henrivende ynde i forårstiden, når de er overstrentede med millioner af gule kavlinger, mens flokke af brushøns opfører deres fyrige kampe på åbredderne.

Skøn er åen også en sommerdag, når de tørstige høveder kommer ned til dens bredder for at drikke. Dagen lang har de gået og gnavet deroppe på de tørre agre, nu kan de ikke mere, struberne brænder, og deres indvolde skriger efter vand. På et signal af hjorddrengen er de alle nede på vajsen; allerede vejrer de vandet; den sidste halve snes skridt tages i løb, den brede snude kysser åens spejl, men skræmmes lidt ved synet af en ligeså bred snude nede i vandskæret, de to første slurke var for store; de må rejse hovedet for at ordne synkningen. Imens drypper vandet fra deres våde muler ned i den klare strøm. Længe står de fordybede over dens spejl med sænkede horn og øjne, der tindrer af vellyst; der spores ikke anden bevægelse end den posede bølgen, som vandet fremkalder på sin vej gennem kværken, og så næseborene, der skiftevis løftes og sænkes. Omsider bliver de dog trætte, og med løftede haler og maver udspændte som vældige trommer vader de i land og tager atter vejen hen mod de tørre græsgange efter at have lagt deres drikkepenge rygende varme på åbredden.

Et par mil fra sit udspring glider åen ind under en høj, lyngklædt banke, som overtroen har døbt Troldbakken. Nærmest ind mod brinken står der nogle høje siv, og uden for dem nogle skovlbrede åkandeblade, blandt hvilke enkelte vældige nøkkeroser titter frem, som kunne det være et eller andet vanduhyres store, stilkede øjne. Her glider strømmen silkeblødt og med en egen klinger nynnen, der ved brinkernes hulhed får en mat klang som den af gammelt arvesølv, der ved en rystelse bringes til at klirre. Åens drejning danner her hvirvler i vandskorpen, de sødeste små smilehuller, man har set i en ung piges kind.

Herned kommer landsbydøtrene i den varme årstid for at bade, når dagen har været hed og arbejdet strengt. Således en augustaften, da solen lige var gået ned, mens sivene omsværmedes af myg og guldsmede, og den krumme aborre gjorde høje spring over vandet. Mosekonen havde alt gradet badet, mens en fin em hyllede de gule iris ind i et blåt slør. I et nu var de hundrede hægter løst, og de bugnende barme lo frit i måneskinnet; bredden lå strøet med klæder, og under græsselig larm styrtede de unge

piger sig i det lunkne bad - som en flok tamgæs, der har
gået den ganske dag på bygageren og nu endelig øjner
bækken. Et bedårende syn! Det var folkets marvsunde
døtre, der her strøg dagens sved og træthed af sig. Som
hvide flager lyste deres legemer i vandskorpen, og deres
udslagne hår flød efter dem som en manke. Naturen fejre-
de en fest. Åen tog ti kraftige, nøgne piger i favn på én
gang og lo, så det klukkede under brinkerne!

De havde overøst hverandre med vand, de havde taget
livtag og væltet rundt under hvin og spektakel, da der på
én gang lød en rå mandfolkelatter ud over åfladen. Kom
den fra de tætte siv, eller kom den fra Troldbakken? Et
skarpt, skærende hyl, der endte i et angstkvalt gisp, steg
op fra ti kvindestruber. I løbet af et sekund var alle fødder
på bredden, enhver greb på må og få sit tøj, og i sanseløs
skræk styrtede de af sted, nøgne som Gud havde skabt
dem. Først langt inde på engen standsede de, mens bar-
mene gik op og ned som bølger. Her lagde de tøvende
deres tøj ned i duggen og begyndte at klæde sig på, men
opdagede nu til ny forfærdelse, at de under flugten havde
tabt ting, der kunne være nødvendige nok; men ingen
vovede at gå tilbage og opsøge det tabte. Først næste dags
morgen fandt mangen rødmosset pige på ny det klæd-
ningsstykke, hun sidst giver til pris, efter at det havde
været udsat for hin ufrivillige blegning på engen, mens
nattens omstrejfende ræve forgæves havde brudt deres
fiffige hoveder med, hvad sligt kunne bruges til. At det
var uanvendeligt selv til den tarveligste rævefrokost, hav-
de de forvisset sig om.

Men fra hvem kom den onde latter, der faldt ned i denne
idyl som en rotte i en flødetønde? Pigerne var enstemmigt
enige om, at den kom fra Bjergmanden i Troldbakken,
men folk, der var mindre overtroiske, udpegede en af
landsbyens karle, der havde hørt deres rådslagning på
ageren og kort efter skjult sig blandt de tætte siv og fra

disse opmærksomt nydt det skuespil, som en bibelsk fortæller har kaldt Susanne i badet, dog med den forskel, at den nydelse, som hin gamle, gråskæggede lurer måtte dele med en ligesindet, havde vor æsel nydt tifold og alene. Kun skade, at der på denne ås bredder ikke fandtes nogen galge, hvor den krænkede blyhed kunne søge æresoprejsning.

Åen var alles ven og alles moder. Til den kom både dyr og mennesker i sorg og glæde. Dyret for at drikke, og mennesket for at bade. Og mere end en ulykkelig kvinde havde her søgt en forpint sjæls sidste trøst, når kæresten havde vist sig utro. Og åen havde lullet dem ind i den sidste søvn og for myrtekransen givet dem en af siv om den blege tinding. Også en og anden gammel bonde, der var pint under aftægtens forladthed og drilleri og martret af gigt og livslede, havde fundet den attråede fred i bølgerne af den å, på hvis bredder han som yngre havde hilst livet med et frejdigt nik.

Kun forbrydelsen nægtede åen sin bistand; og derom går der følgende sagn:

Hvor vidjen svajer i nattens sus,
der river stormen i lyngtakt hus,
mens ræven skriger på heden.

Den kvinde lytter i hytten arm:
Jeg hørte råb og forvirret larm,
og ræven skriger på heden!

Nu vågner i vuggen drengen spæd;
hans fa'r er borte, - og jeg så ræd,
når ræven skriger på heden.

Han tog til marked; Gud nåde mig,
hans onde nabo drog samme vej - -
Hør ræven, ræven på heden!"

Bag lyngtækt hytte ved bakkens fod
udøser skurken sin uvens blod,
mens barnet græder på heden.

Hvor vidjen kranser en sumpet sig,
der sænkes i nattens mulm et lig,
mens ræven skriger på heden.

Hvor banken klædes af lyngen grå,
der går den brasen så bred i å.

Der vandrer fiskeren natten lang
med åleblus og med toggerstang.

Med eet han står i en lyngkranst sig,
hvor sagnet går om et nedsænkt lig.

Et gys fra sumpen, et iskoldt gus
udslukker fiskerens åleblus!

Da var det, som tusinde fugle for
med jammerklage fra syd til nord

Først lød det som pibende klynk og suk,
så steg det til jamrende ve og vok.

Da slap den fisker sin toggerstang,
og over grøfter og kær han sprang.

Han ænsed ej garn, han ænsed ej fangst;
hans strube tørredes ud af angst.

Thi over hans isse, lavt over jord,
de sorte helvedes fugle for.

Og hvor han spejded blandt bakker grå,
han ikkun gloende øjne så.

Da brød han sammen. Med skum for mund
han fandtes den næste morgenstund.

Hans sjæl var rystet indtil hans død.
Forlængst han ligger i jordens skød

- Så klinger endnu det natlige sagn,
mens bonden ved midnat sætter sit agn,
og ræven skræber på heden.

2

Midt for denne å på et sted, hvor engen skød sig ind som
en bred, grøn bugt, lå der en hyggelig lille by ved navn
Engkjær. Den omfattede blot en seks-syv gårde af æld-
gammel type med frønnede stolper, grå udbugede lervæg-
ge og stråtage så lave, at køerne i efterårstiden, når de gik
i læ for regnskyllene, fordrev deres kedsomhed ved at
bore i dem med deres horn. Det var næppe muligt at finde
noget i disse gårde, der ikke var skævt. Det var, som om
det hele var blevet til engang i en fjern oldtid, før vatter-
passets og målesnorens opfindelse, og tidens og rottens
tand havde nu gnavet og hulet og sænket en syldsten der,
et dørtræ her, som så atter havde trukket hele det skrøbe-
ligt sammenpindede stolpeværk med sig. Derfor var ingen

magt mere frygtet i Engkjær end efterårsstormen, der frembragte en ildevarslende knagen i de ormstukne trænagler og for gemmen de små skæve luger og utallige revner og sprækker med en klagende sang om alts forgængelighed. Da kiggede bonden forskræmt i vejret, og hvert nyt vindstød aftvang ham et suk til Gud for de skrøbelige huse.

Det var dog mere af gammel slendrian end egentlig af armod, at engkjærboerne levede så kummerligt. Thi de Engkjær mænd var langt fra allesammen stoddere. Der var adskillige af dem, der var blevet overrasket i at tælle de blanke sølvdalere ud af de skårede skåle, der luftedes en kort stund på egechatollåget. Så havde ejermanden et øjeblik set flov ud som en ung pige, der overraskes, mens hun binder sit hosebånd. Men i næste nu var de gyldne skåle igen forsvundet i chatollets mørke, og atter stod der den fattigste stodder i de fladeste træsko af verden og med store bødeklude på knæ og albue, en mand, som da ingen retfærdighed på jorden kunne falde på at påligne større kommuneskat.

Alt i denne by bar præg af ælde. Stuerne var lave med svære bjælker under lofterne, så en voksen mand måtte bøje sig stærkt for at skridte hen under dem. Gulvene var som oftest af ler, der bugtede sig i bakkedal ligesom gamle Danmark. Bordet var i længde med stuen og stod langs den ene væg, adskilt fra den ved en murfast bænk, under hvilken der var pikket med kampesten. Ved den side af bordet, der vendte ind mod stuen, stod en seks-syv alen lang skammel, der evigt dinglede frem og tilbage på det ujævne gulv. På denne skammel lagde både piger og karle deres tøj, når de om aftenen klædte sig af side om side ved det samme tællelys, før de med et kraftigt sæt steg op hver i sin alkove, kun adskilte ved en ormstukken bræddevæg.

Hvor lå den godt skjult, den lille by, med en halvkreds af lave, værnende banker til tre sider og til den fjerde engen og åen! Den var kun tilgængelig ad sandede biveje, hvis hjulspor lukkede omkring fælgene og bragte ethvert forspændt dyr til fortvivlelse. Derfor kom der sjældent fremmede til Engkjær, men skete det, at et udensogns køretøj letsindigt vovede sig ind på disse veje, da kunne det være vis på at vække den største opmærksomhed; ja, det ville blive iagttaget som det sjældneste natursyn og få alle plejle til at standse og alle hænder til at synke; man ville se porte og døre fyldte af nysgerrige, og på de små vinduer langs vejen ville talrige næser være trykket flade mod ruderne. Thi engkjærboerne var ikke nysgerrige på sædvanlig vis, de stod ikke skjulte bag en dør og tittede, nej, de stillede sig ud midt i porten og gloede med åbne munde og slapt hængende arme.

Ellers gik alt for den sagteste brise i Engkjær. Hestene, der alle var af den svære røde race, gik oftest i skridt. Mænd og kvinder bevægede sig eftertænksomt og tungt; alt var i gangart afstemt efter de store krampetræsko til fire pund stykket, der var byens yndlingsfodtøj sommer som vinter.

Byens gårde havde engang ligget i en lun lille klynge helt nede ved engen, men en ubarmhjertig brand havde på én nat gjort ende på denne idyl, og som i forfærdelse var de enkelte gårde nu flygtet op på bakkerne rundt om byen, og i skyndingen havde de endda glemt at tage deres træer med sig, de stod endnu på de gamle tomter og tjattede efter stormen med deres sorte, forkrøblede ris.

3

De kørte havre hjem i Engkjær. Store tykvommede øg med haler, der daskede helt ned til jorden, slæbte af sted med høje svinglende kornlæs. Det knirkede i de stive, soltørrede skravvogne, der med de smalle fælge pløjede dybe furer i vejens solbagte sand; knagende og bragende trillede de op foran de åbne luger under smæld af piske og hjulnavs jamren, det var en af årets rigtige arbejdsdage, da blodet ruller raskt i unge og gamle, og da det anses for en forbrydelse at hvile. Omme på ageren gik de svedige piger med hvide høstærmer og kastede negene to og to i halmbånd, satte deres brede knæ på dem og med et par kraftige knug, under hvilke man hørte deres tænder gnisle, tvang de de to neg ind i hinandens favn, så kornknippet fik et udseende som en altfor stærkt snøret jomfru. Hjemme ved gårdene stod barhovede drenge og sled i de omvæltede havrelæs. Med opbydelse af al deres kraft løftede de de tunge tvillinger op i lugens ramme, hvor de grebes af usynlige hænder, der slæbte dem dybere ind i ladens spindelvævs-mørke. Rundt om læsset krøb gamle stoddere og pukkelryggede kællinger ved deres stave og samlede strå og aks for at vise deres deltagelse, skønt de øjensynlig var mere til besvær end gavn. Sollyset flimrede over de brede, mejede marker, lokkemanden drev i luften med sine geder, bierne flokkedes syngende om den vilde timians mjødduftende hobe på vejkanten, travle fluer og jagende mariehøns tørnede forbitrede imod ens ansigt, og blankbrogede småhøveder bissede ilfærdigt omkring med de buskede haler i vejret og et langt tøjr efter sig, som klirrede i springet; de tomme vogne klaprede, de tungt-læssede knagede; alt var i uro og foretagsomhed under himlen; kun en sky lå tung og dvask omme ved kimingens sydrand som en uhyre trold, der i dorsk ugidelighed har lagt sig på maven for at sove.

En tom vogn trukket af to røde følhopper havde fornylig forladt en af de vestlige gårde i Engkjær og taget retningen mod havreageren med en ilfærdighed, så de løst tilbundne skravlægter hoppede med øredøvende rabalder. Umiddelbart efter sås en solbrændt tøs i stunthoser og alt for korte skørter at pile af sted i samme retning, mens hun ivrigt vinkede til folkene på ageren. Kort efter så man en lav, knoklet bonde uden vest, men med et par store træsko under armen løbe med en for sin alder usædvanlig fart tværs over bakker og høje diger hjem mod sin gård, og bagefter kom den kun halvt tillæssede vogn med det røde forspand, dragende en kvælende tæt støvstribe efter sig. I næste nu sås det samme røde forspand jage ud af gården i hel anden retning; i stedet for skrav havde vognen nu fået to kluntede agestole; i den forreste sad bonden, den bageste var tom. De kloge heste havde straks forstået stillingen. Da bonden tog den lasede sele af dem og erstattede den med en ny, viste de en iøjnefaldende spænding. De grinede ikke, som de plejede, når man lagde hovedlavet på dem, men strakte selv hjælpende mulerne frem, mens deres ører klippede frem og tilbage; og så snart deres husbond havde trukket et drønende piskesmæld hen over deres hoveder og sluppet dem løs for slappe liner, satte de skoene i stenene, så der stod lange gnister efter dem, og straks var de inde i galop. De svære dyr, der før havde gået trevne og tunge, løftede nu hovederne og skar som glenter hen ad vejen; den ufjedrede vogn kastedes fra den ene side til den anden på hulvejens dybe sandbølger, mens de usmurte aksler jamrede som elskovssyge katte.

Da bonden noget ude på marken gled forbi et enstedhus, råbte ejeren ind ad døren til konen: "Det var sgu Mads Søndergaard, der kørte efter jordemor!"

Tre kvarter efter raslede vognen på ny ind over Søndergaards stenbro, men da var de røde hopper hvide af skum, deres svære bove bævrede, og de vendte febrilsk bidslet mellem tænderne. I den bageste agestol sad en rundrygget, sammenkrøbet skikkelse, af hvilken man kun øjnede en spids rottenæse og et par kolde, grønne øjne indhegnet af rynker; resten dækkedes af et uhyre uldent tørklæde flere gange viklet om hovedet trods den bagende sol.

En kvinde kom ud og sagde: ”Margrethe er forløst; en stor hwell dreng!”

”Vorherre i himlen ske evig tak!” sagde Mads, idet han lagde sin højre hånd på den tehånds’ kryds og sprang tungt fra vognen.

Men denne glædelige meddelelse berørte den pukkelryggede pinligt; nu kunne hun ikke godt være bekendt at tage fuld betaling.

”Det var også en fasown at ligge og føde selv!” snerrede hun, mens hun med sit ene smalle ben stod baglæns og famlede ud af vognen efter vogntrinet, indtil Mads tog hende om anklen oven for den tjærede tøjsko og skaffede det arrigt spjættende ben det attråede fodfæste.

Da man kom ind, lå der på sengen en bleg kvinde, hvis nerver endnu ikke var dirret til ro efter den frygtelige kamp for to liv. Ved hendes side lå et rødt putrende barn, over hvis ansigt der engang imellem gled en grimasse, efterfulgt af en spinkel, klagende gråd.

Mads bøjede sig ned over den blege kvinde med det lille ansigt og de store blå øjne, klappede hendes kind med sine stive fingre, mens han gang på gang gentog: ”Bitte mor! Bitte mor!” og store tårer trillede ned over de grove hørlagner.

4

Der var mange børn i gården, før Jens kom til, og det var kun ringe opmærksomhed, der kunne afses til den enkelte. Moderen havde tusinde ting at gøre foruden det at passe sine børn. Næppe noget menneske på jorden er så optaget af slid og slæb som konen i en lille gård på landet. Hun har alt arbejdet med børnene, må give det mindste die, de største prygl, hun må sammenholde klæderne om dem og sin mand, holde huset rent, lave maden, brygge, bage, spinde, væve, malke køerne, røgte grisene; - høns, gæs, svin og kalve kalder på hende fra alle gårdens kanter, og hun "oplader sin milde hånd og mætter det alt med velbehag".

Jens' mor var spinkel af bygning med nogle vidunderlig blå øjne, hvis blik det ikke var nemt at slippe; de lokkede stadig til ny fordybelse; men var man færdig med øjnene, var man færdig overhovedet. Margrethes figur, især hendes underliv, var stærkt misdannet af mange barnefødsler og for lidt søvn. Hun var besjælet af en evig foretagsomhed, var den, der tændte arnens ild om morgenen og slukkede tællelyset om aftenen. Om søndagen, når alle andre lod hvilen falde på sig, sad Margrethe ved enden af det lange, knastrede, sandskurede fyrretræsbord med et utal af små benklæder og bluser foran sig, klippede af, riede på og skarrede til i en uendelighed.

En eftermiddag i høst havde hun været usædvanlig optaget både ude og inde. Jens, der nu var to år gammel, havde en tid lang gået og puslet omkring hende; alle folkene var i marken, og de større børn ude at samle kreaturerne ind, da det begyndte at mørknes. Margrethe havde lige løftet nadvergrøden af ilden og ville sætte sig et øjeblik, da hun opdagede, at barnet ikke var hos hende. Hun løber til døren og råber: "Jens!" Intet svar; hendes hjerte begynder at banke heftigt; hun kommer i tanker om de mange grøfter rundt om gården; med rystende knæ styrter hun ud af porten, kalder og kalder med røsten fuld at gråd.

"Men Herre Jesu Christ, hvor er barnet henne!" Grøfterne efterses i største hast, hun er ved at styrte; Gud ske lov, i grøfterne var han ikke. Men han kunne jo være gået ind i det store havrefald nord for gården og være faldet i søvn, og det begyndte alt at aftnes; å Gud, å Gud, hvad skulle hun dog gribe til? Havde Mads og folkene endda været hjemme! Å, kom de ikke deromme! Hun styrter imod dem, men under vejs standser hun ethvert menneske: "I har da ikke set bitte Jens?" - Hun beskriver ham nøje - han havde gået hos hende lige til for et øjeblik siden, og nu var han væk; hun vred sine hænder og skyndte sig vildt hulkende videre.

Et kvarter efter var den hele landsbybefolkning ude at lede efter Mads Søndergaards barn: Kornmarkerne omkring gården blev gennemsøgt med lygter og lænkehunde, grøfterne i engene gennemspejdedes ved blus og ved brande, der blev kigget i hver digekrog, hver tørvegrav, hele byen var som i feber. Hvor kunne barnet dog være blevet af?

Da løstes pludselig gåden. I et nabohus, hvor Jens var særdeles velkendt, havde man den dag skrædderpiger. Under moderens optagethed havde han set sit snit til at stikke af og var styret lige mod Vistis hus, og uden at pigerne mærkede det, havde han gemt sig under deres arbejdsbord, og her, bag en vold af udspilede fiskebensskørter, havde søvnens milde magter besnæret helten; først nu under den almindelige hurlumhej var man kommet til at sparke til ham med foden, og dermed var hans fred til ende, for i næste nu udleveredes han til sin bedstefar, der rystende af vrede bar ham over toften og hjem, som man bærer en gris fra torvet.

Jens, der vel mærkede på håndelaget, at han ikke var
faldet i de kærligste hænder, hylede oprigtigt, og så snart
disse hyl havde lydt ud i høstnatten, så man alle de hop-
pende lygtemænd på engen tage retning mod gården. Men
det var endnu ikke sidste akt, det udspilledes i gårdens
mørke storstue, hvorhen den vrede gamling havde båret
barnet, og hvor han nu gennempryglede det med de onde-
ste hænder. Først da den ulykkelige mor kom til og holdt
den vrede mands hånd tilbage, blev det ilde medhandlede
barn udleveret til hende og vuggen. Men endnu langt ud
på natten lå han og vred sig i uhyggelige drømme, der nu
og da udløstes i et grådkvalt gisp.

5

Denne bedstefar blev hans barndoms onde ånd. Han var
far til Margrethe og skulle have aftægt af gården; skønt
han havde afstået ejendommen til Mads Søndergaard,
havde han stadig meget magt og måtte omgås som et råd-
dent æg, for tog han hele den lovformelig fastsatte aftægt,
kunne Mads komme til at sidde hårdt nok i det, for han
var ulykkeligvis ikke blandt de velbeslåede i Engkjær. Det
gjaldt da om at gå den gamle under øjne og finde sig i
hans daglige overgreb. Han havde tilranet sig børnenes
opdragelse, og også Jens faldt ind under hans tugts ris.
Drengen nærede en uhyre rædsel for den visne olding, der
altid stank af løg og brændevin, han havde aldrig kunnet
glemme den frygtelige aften i den mørke storstue; og nu
havde den gamle tilmed besluttet, at Jens skulle ligge hos
ham i alkovesengen for at varme hans magre ben de kolde

vinternætter, når rimfrosten gnistrede på indersiden af det omhængsløse, halmfyldte leje.

Det skete ofte, at den gamle blev noget sent ude, når han var blevet opholdt af drikkebrødre, og da måtte Jens alene finde sig til rette i den skumle alkove. Han var tidlig mørkeræd, og enhver lyd forfærdede ham. Han var bange for musene, der skraslede i halmen under ham, - han var især bange for rotterne, der kom frem ved benenden af sengen, tog trav op over dynen og gjorde et vældigt hop ud på lergulvet, hvor de søgte efter brødkrummer og sildeben. Ofte troede han i sin angst at mærke deres kolde snuder mod sit ansigt.

Han var tidlig blevet indviet i læren om overjordiske magter, især de onde. Når tjenestepigen havde fundet hans opførsel i vejen for sin magelighed, havde hun sat et grimt ansigt op og sagt: "Er Jens ikke en rar dreng, så kommer bussemanden og tager ham!"

Efterhånden blev dette barneskræmsel udstyret med skrækindjagende ansigtstræk, med rivende tænder og gribekløer og al rædsel og loddenhed og som uundværligt tilbehør: en stor sæk på ryggen til at putte små uartige drengebørn i. Senere hen erstattedes dette uhyre af postillernes djævel, og der var ikke mange træk at forandre eller føje til. Det var bondebarnets og de vildes gud, født i angst og mørkerædsel, der her stod over ham med blodigt gab.

Ved højlys dag frygtede han for at se ham komme krybende ud af den skumle bageovn, han anede ham, når det kvældede under det gamle hyldetræ ved kålgårddiget, og nu, mens han lå her i den mørke seng og ventede på sin fulde bedstefar, var det så ikke bussemanden, der tudede så uhyggeligt i skorstenen og uafladeligt slog med havelågen? Han trak hovedet dybt ned under det uldne hylsklæde og knæene op til næsen, men selv i denne dækstilling syntes han alle vegne at se gloende øjne og skæg og lodne gribekløer.

Da begyndte det at skramle henover gårdens stenbro. Jens havde hørt denne lyd ofte nok til at vide, at det var bedstefar, og på de uregelmæssige, larmende skridt mærkedes det, at han havde en overmåde "høj hat" på i aften. Alligevel var hans endelige komme en trøst, for Jens nærede ikke tvivl om, at bedstefar let ville gøre det af med bussemanden. Desuden var han bedst mod Jens, når han var fuld, om end slem mod alle andre. Under et forfærdeligt bulder kom han ind i forstuen; efter nogle slingrende kast fik han klinkedøren op, rettede så de tunge træsko over det kvarterhøje dørtræ og trak døren til med et rystende knald for at antyde, at han - dæwlen brækk sig – endnu var mand i huset! Efter disse indledende skridt gik han frem i stuen og rømmede sig med en kraft, så hvert øje åbnedes rundt om i sengene, og Polla - hunden - sprang op fra kakkelovnskrogen og udstødte et par forskrækkede bjæf.

Nu vidste alle, at den gamle ville holde en tale. Han bejlede i denne vel ikke til bifald, men det kendte man af erfaring, at det gjaldt om at holde sin lyst til mishagsudbrud i tømme, thi selv den svageste indvending fra en af sengene kunne afføde et haglvejr af eder.

Disse veltalenhedsprøver var en slags historisk oversigt over gårdens fremgang og drift under hans - Søren Stougaards - herlige regimente i modsætning til den sørgelige, letkendelige nedgang i stort og småt, som havde taget sin begyndelse med svigersønnen.

"For dengång a kam te æ gård, - der var satten stent mæ ett en plov eller harre, ja, om a så ålle ska blyw salig, ett en skowl heller grev, der war ward å ta i en hånd. En kund spænd fir hejst for en plov, og det war så arm, det forbandede skidt, te det kund ett trækk'et å æ stej. Køerne gik og gnaved på den swot hied, ingen mjælk ga'æ; det war så forkrøblet, så en mått res (rejse) et op i en sel (sele), og ett en høn po æ råen, fanden glow mæ, dæ ett war så mawer te en hund vild skamm sæ ved å ed'en (æde den).

Men a fæk æ såt op, søen a kund vær et bekend for Gud og mennesker. Ja, a hår slidt hådt i mi daw, og lig gu tak hår'en for'æ. For du, Margret, du fæk en gued arrepårt; a ga dæ gården kwit og fri i ålle måder, men hudden lønner du mæ for'et? Hår a no ett i fjovten daw bejn (bedt) dæ om å få mæ syet den læjjertrøj i den her forbandede kuld. A går jo her då (dag) ud og då ind og bewwerister (ryster stærkt), fanden glow mæ - mæ gammel mennesk!"

Datteren forsøgte en svag protest: Blot far nu ville gå i sin seng, skulle han nok få sin lædertrøje. Han vidste jo godt, hvor hun forgæves havde anstrengt sig for at få fat i skrædderen. Men nu havde han jo lovet at komme - på mandag. "Vær nu endelig rimelig!"

Det sidste udbrud var meget ubesindigt af Margrethe.

"Rimelig! Sejer du: Rimelig!"

Søren Stougaard rømmede sig kraftigt endnu engang og gjorde et langt vaklende trin ind i mørket mod datterens seng; man mærkede, at han nu var nået til talens glanspunkt.

"Ja, a hører nok i æ bøj, te både du og Mads går og fortæller, te a er urimelig til daglig å ha mej å gjør; men a skal, dæwlen dans mæ, vis jer nøj andt! Hwem hår gien jer det, I nu går og braser op i stads og sturhied? Hwem skylder I, te I endnu æ ved æ brak (sidder ved ejendommen)? Er der så møj som en pind eller halmvisk her i æ gård, som ett hår wot min; hår du bragt nøj te æ gård, Mads, vil du så ett res dæ op og vis mæ, hwor det ligger!"

Mads trak dynen op over ørerne for ikke at høre mere. Tjenestekarlen tillod sig en ubetænksom fnisen.

"A tyt, der war jen der grinned? War det Las? Grinner du a mæ, Las? Ja, åltid hår du wot en ring kål i æ gård, dryvend og drontend (langsom) te di arbed, men en hwelle kål te flanni og kommers. Di får war en skidknæjt, og di muer lå i med enhwer, så du hår ett andt end skidt å ta ud atter."

Lars lå med knyttede næver i sengen og var så gal, så han skar tænder, men han svælgede mandigt sin harme.

Og den gamle skændegæst gik på ny over til teksten, mens han begyndte at knappe tøjet op. Den lodne kabuds slængte han hen i bænkkrogen, mens han råbte: "I vild gjaen ha til urds (ords), te det er mæ, der rungenirer jer, men hwor møj tar a af det, a kund tillkomm? Skuld a ett ha tow (uld) og lam af tow af de bejst får i æ gård? Hår a tavn (taget) æ nowtied?" - Her slængte han med den ædle sjæls retfærdige vrede sine afkrængede bukser ned mod langskamlen, så selespænderne raslede.

"Kund a ett forlång tow pot brændvin og en kadus skrå hwer ug då? Hår a fåt' æ?" - Her befriede den ædle sig for sine strømper og underbukser, og nu stod taleren der med de magre, nøgne ben i krampetræskoene. Hans skygge skimtedes svagt mod de lave vinduer; klokken slog gnældrende et. Søren Stougaard gned sin mave og ravede hen imod sengen, stadig dybt rørt over sine store opofrelser for en utaknemlig menneskehed. Med møje kløvede han over den høje sengestok og kom op til Jens, der var faldet i søvn ved den lange tale. Da den gamle faldt ned mod dynen, gryntede han: "I Jesu navn!" og fortsatte henvendt til Jens: "Nå mi dreng, - kan du så komm herøver og warm mi gammel bjenn, for de er, dæwlen bræk mæ, kold!"

Så begyndte han at knurre over, at den teglsten, som Margrethe havde lunknet og lagt i sengen til hans fødder, allerede havde mistet varmen, og hver afsnit i talen afsluttede han med at spytte hen på væggen oven over Jenses hoved. Klokken slog halvto, før den gamle tænkte på afslutning. De sidste bebrejdelser mod Mads Søndergaard og kone tog vejen gennem næsen, et varsel om, at der var indtrådt havblik. Noget af det sidste, man hørte, var følgende sandfærdige indrømmelse:"A er fuld i awten. - Men a er fuld for mi egn pæng - dæwlen brækk mæ!"

Han sov. Han havde trukket Jens over til sig. I begyndelsen gjorde den lille en svag modstand på grund af den frygtelige ånde, der stod ud af munden på den gamle. Men omsider gled han hjælpeløs over mod bedstefaderen, overvældet af søvn og angst og brændevinsdunster.

6

Søren Stougaard var ualmindelig lysten efter brændevin og samlede om sig en flok af ligesindede kammerater, der gjorde de frygteligste indgreb i Mads Søndergaards husfred; thi Mads var en skikkelig, godlidende natur, der havde ondt ved at gøre sin husbondsret gældende; desuden stod han i et ikke ringe afhængighedsforhold til svigerfaderen. Jenses første barndom hengik derfor i en verden af brændevin og råhed og den mest løsslupne bondedrøjhed. En dag var han med forfærdelse blevet vidne til følgende scene:

Hans mor var i færd med at ilde ovnen til bagning; ved en sådan lejlighed var hun ikke at spøge med; børnene fik en lussing for et godt ord, ethvert mandfolk blev kørt til dørs med et par hvasse bemærkninger om, hvad de havde her at bestille. Det lange, knastrede bord i dagligstuen tillige med langskamlen og bænken var overbesat med alenlange, indmelede grovbrød, der slog dybe revner under løftningen og i varmen fra   den svære bilæggerovn bulnede helt ud over bordranden. Imens fodredes ovnen i frammerset med den ene vilde storlyng efter den anden.

Ilden buldrede og brasede, det var som at se ind i et vid-
åbent dragegab, der for hvert nyt foder spyede flammer
højt op i den sodglinsende skorsten, så det funklede rundt
om i det sparsomme køkkentøj; og selve Margrethes an-
sigt lyste omkap med de polerede kobberkedler. Hun hav-
de allerede "ildet den sorte mand af ovnen", da en flok
endnu sortere mænd anført af Søren Stougaard trådte ind
ad døren og forlangte brændevin.

"Tykkes I, te a hår tid til at skjænk for jer? I får drikk jer
bærm, hwor I hår drukket jer øl, I fuld sviner! Ett en drof I
får af mæ, trow mæ nu, a sejer æ!"

En af de frækkeste skød sig frem i stuen med sin knytte-
de næve udstrakt mod Margrethe, og i mangel af noget
bedre at slå i lod han næven synke ned i selden med en
kraft, så denne hoppede flere tommer fra sit underlag,
mens han brølte, at han, dæwlen støwt sig, skulle rive
brødet og alt dette forbandede skidt på gulvet, "Simensak
og Menasi", og uden at afvente svar greb han en af de
største kager fra skamlen, løftede den over sit hoved og
huggede den med et dødt klask mod lergulvet. Margrethe
blegnede og vred sine hænder, men i næste nu havde hun
snuppet ovnragen og gik løs på banden, der efter at have
modtaget nogle velrettede rap over rygstykkerne bragtes
til at vige med en sådan ilfærdighed, at de var lige ved at
vælte hverandre omkuld i den snævre forstuedør. Jens
hylede i vilden sky. Da Margrethe kom tilbage, smilede
hun gennem tårer og sagde, idet hun samlede det forulyk-
kede brød op: "Herre Jesu Krist, dæ slemm mennesker,
der er te!" Brødet bliver i bondehjem betragtet som noget
helligt, og kun den forvorpneste skabning vover at håne
denne Guds gave.

Disse brændevinsbørster kunne erobre huset midt om
natten, og så gik det lystigt til med skrig og skrål og råb
og eder og dundrende næveslag i fyrrebordet. Vildskaben
afsluttedes ofte med en dans, hvor et eller flere par ding-

lende oldinge med træsko på fødderne og kabuds på hovedet tumlede omkring mellem væggene i det oversaligste lune, mens de sang:

> Livet, livet,
> livet er en herlig stand;
> døden, døden,
> døden er en bussemand.
> Hopsisa, vil du med så kom,
> så får du dig en rundenom.
> Hopsisa, vil du med, så kom,
> så får du det, vi rafled om!

Det skræmte barn, der mangen vinternat betragtede slige scener fra sin mørkekrog, troede at se en flok dansende djævle for sine søvndrukne øjne.

7

Det var en uvejrsdag i begyndelsen af halvfjerdserne. Det havde sneet stærkt, nu knøg det langs jorden. Hele det vidtstrakte landskab var en eneste umådelig hvid flade, der i denne træløse egn kun afbrødes af enkelte ledstolper eller en enlig, hældende pil, der stod og suste i sneen. Selv gårdene syntes at forsvinde under de favndybe driver, der i tætpakkede masser tårnede sig op i højde med mønningen og endte i en spids, hvorfra sneen røg til vejrs som damp af en gryde. Skorstenene var det eneste, hvor igennem husene drog ånde.

Der var ingen tristere tid end denne, da

"Kjørmes-Knud,
han holder herud
med hans fir hwid stud" -

da kørsel fra by til by blir umulig, og selv en fodvandring
i træskostøvler og med tørklædet op om ørene kan blive
livsfarlig, når sneen knyger, så himmel og jord går i et, og
selv det skarpeste øje ikke ser en hånd for sig. Da stænger
bonden alt, hvad stænges kan, for at holde sneen på af-
stand, og plejlens ensformige slag lyder så dødt bag den
skoddede lodør. Da høres ingen fuglepip på mønningen
og ingen kaglen på hjallet, for hønsene lægger ikke æg i
denne kulde, og slipper de ved et uheld ud i gården, brin-
ger vindstødene deres fjer i den frygteligste uorden, og de
løfter benene højt for hvert skridt af smerte over at træde i
den kolde sne.

Med opskudte skuldre piler røgteren af sted langs hus-
væggen under stadig kamp med stormen, der vil berøve
ham den borren hø, han omhyggeligt knuger ind mod sit
bryst; hver gang, den har nappet en håndfuld fra ham,
sætter den kådt op over hustaget; den er lige ved at kvæle
ham op mod ladelængen, og han føler sig først rigtig tryg,
når han på ny står blandt de blankhornede høveder i nøs-
sets så kære, møgduftende varme.

En sådan dag søger tægerne langt ned i fårenes pels og
lopperne dybt ind i pigernes strømper. Da samles alt liv
om den umådelige, firkantede bilæggerovn, der står i
mørk majestæt på sin teglstensfod og stråler som en nå-
dessol sin tørveilds milde varme ud over lergulvets myl-
drende liv. Helt inde under den glohede plade, hvor en-
hver anden dødelig skabning ville miste forstanden i den
tropiske hede, ligger katten med to-tre renslikkede killin-
ger, der under de grinagtigste hop skiftes til at trække den
gamle i halen. Lidt længere ude, hvor varmegraderne er

nok så tålelige, kryber de mindre børn omkring med enderne i vejret og graver med neglene i det opslidte lergulvs sandhuller; endnu længere fjernet fra ovnen sidder husmoderen ved den snurrende spinderok, og på det hvidskurede langbord troner tjenestepigen, bred i enden og sur i synet, og vender de skrattende karter med sikre tag.

Af og til kommer husbonden tung og sindig ind fra stalden og stiller sig rygret op ad bilæggeren just foran det sted af ovnpladen, hvor den apostelmagre Philippus og den gildingfede "kammerherre af Morland" mødes i omvendelsens gudbenådede hede, der hvor 5-6 slægtled før ham har varmet den kuldskære bag. Så snart de froststive fingre atter har rettet sig, går han med drønende skridt ud af stuen, men vender snart tilbage, nu med en pattegris, nu med et for tidligt født lam, der må puttes ned under de svære hylsklæder i alkoven for at komme lidt til krylt i den strenge kulde.

En sådan snedag sad en flok grovhuggede bønder omkring langbordet til Mads Søndergaards. De var kommet om formiddagen på et tidspunkt, da snefaldet endnu ikke var begyndt. Anledningen var Søren Stougaards 63. fødselsdag. Uvejret holdt dem sammen; de foregav, at de sad og ventede på, at det skulle "hikke" i vejret, så de kunne komme hjem, men egentlig havde de intet kærere ønske, end at det måtte vedvare, for der var endnu langt til bunden i Sørens brændevinsdunk, og "heller var det da, fanden brækk mæ" - som Søren Stougaard bemærkede - "vejr at jage en hund ud i, siden ens gode venner."

De gode venner bestod for en væsentlig del af egnens allertørstigste sjæle.

Der var yderst på bænken til højre Kræn Konradsen, stenhugger om sommeren og kreaturvasker om vinteren. Denne mjølnersvinger var den bredeste i laget, berømt og frygtet for sin forvovne styrke, en mand med nogle umådelig, bredneglede hænder, plumpe, udstående kindben, store ører, ud af hvilke der voksede strittende hårduske; en umådelig bred mund, der ikke sad fuldstændig lige, og som i den nederste halvåbne mundvig altid hang fuld af tobakssovs, var næsten altid i færd med at spytte; regelmæssigt spyttede han på bordpladen, men skyndte sig så at udslette sporene med sit stribede trøjeærme, hvad der langtfra lykkedes.

Han var stærkt pralende, men i øvrigt meget godmodig. Alle hans fingre bar mere eller mindre mærke af at have været "under hammeren"; enkelte gange havde han aldeles maset dem, men selv lappet dem sammen igen; han tålte nemlig ingen indblanding af læger, "det fandens kram", der såvel som prokuratorerne gik og trak pengene ud af folks lommer. Han var berømt for sine hestekure. Hver eneste gang han følte et ildebefindende lige meget af hvilken art, gik han ud til brønden og drak en spand koldt vand, gik så til sengs, bad et Fadervor og lod Vorherre om resten; anden medicin havde han aldrig brugt; hans brede skuldre og kraftige ansigtsfarve talte unægtelig til fordel for kuren. Hans yndlingsemne var - foruden hans utrolige gerninger med stenhammeren - bøndernes udholdenhed og legemsstyrke i hans unge dage. Dengang regnede en knægt det for en bagatel at stå i et skæppemål og slænge en tønde rug på ryggen, og hans far havde som gammel mand kunnet tage en hest i manken og rive den til jorden, så den viste de fire, blanke sko i vejret. Hvem kunne gøre det nu om dage? spurgte han og spyttede endnu engang foragtelig ned på bordpladen for i næste nu at jævne det ud med ærmet. Nej, i hans unge dage, da tog Vorherre alt det skravl og sygelige sølle kram, som lægerne nu uden ophør må plastre på, og som går og hoster livet og lungerne fra sig stump for stump, og når de så har drukket forældrene i knokkeldom i "mistur" og levertran, "kravler de op og laver børn", der bliver endnu jammerligere end de selv.

Den sidste bemærkning tog stærkt bifald, som udtryktes i disse besindige ord: "Der er iløwle nøj om æ snak!"

Ved siden af Kræn Konradsen sad Visti, den netteste i selskabet. Både i klædedragt og væremåde søgte han at understrege, at han var en finere mand end de andre. Han havde også tilladt sig den utilgivelige flothed at gå i træsko med blankt læder, en fodbeklædning, der i de andres øjne kun sømmede sig for kvindfolk. Desuden var hans dragt næsten ikke lappet og helt fri for det griseri og de skarnpletter, som misprydede de andres. Han var oprindelig en fattig fyr, der ved sit gode udseende og sin flotte optræden havde fordrejet hovedet på en ung enke med en større gård; men i løbet af få år havde han sviret det hele op i glade drikkelag og sad nu som enkemand i et lille hus på bygaden. Han fortalte kvikt og livligt og var en fortræffelig selskabsbror.

Ved siden af ham i bænkkrogen op mod klokhuset sad en lille rundrygget, rottelignende skikkelse med en lodden hue ned om ørerne og et par hænder, der nærmest gjorde indtryk af at have tjent som gravekløer, så snavsede var de. Med dem rodede han uafladelig omkring i de dybe bukselommer. Han lo som en krænget ræv, thi at skogre af de andres fortællinger var hans eneste hverv ved gildet, selv havde han intet at fortælle. De kaldte ham "æ Møgelkjærmand", han betragtedes som snylter og behandledes som sådan.

Ved den anden side af klokhuset nærmest frammersdøren sad "æ Slemm-dreng", således kaldet for sine talrige kåde streger. Han var sikkert det mest skyldbetyngede menneske i miles omkreds; tre koner havde han haft, og dem alle havde han pint livet af, og alle tre havde han taget for medgiftens skyld. Da den første lå i barselseng, slog han vinduer og døre op over hele huset, for at hendes sjæl des lettere kunne slippe bort fra denne jammerdal; hun var næppe kold i jorden, før han giftede sig med den næste, som døde af sorg og græmmelse. Mens hun endnu lå på strå, gik han ud og opsøgte en passende stor sten og lagde den over hendes strube, for at hun ikke skulle spille ham det puds at leve op igen. Imidlertid var hans hår blevet hvidt, så hans udsigt til at blive gift havde mindsket sig betydeligt. Men Slemdrengen kendte råd: han lod sine hvide lokker farve sorte, og således pyntet gik han tredje gang til brudeskamlen. Men da han og følget var vendt tilbage til bryllupsgården, gjorde han et så kraftigt indhug på den dampende suppe, at kønrøgen i hans hår begyndte at smelte og flød med sveden i stride strømme ned ad hans kinder, og således opdagede hans brud falskneriet allerede på bryllupsdagen. Der var ingen tal på hans forgåelser mod lov og orden, og kun den sløje retsforfølgning der på egnen kunne han takke for, at han endnu nød gavn af sol og måne. Han plejede at bekræfte sine løgne ved at udbryde: "Er det ikke sandt, jeg siger, så må I død-pin ta den bitte læp her" - han pegede på sit øre; og virkelig havde så mange bedragne søgt deres oprejsning ad denne besynderlige vej, at der nu kun var nogle sørgeligt mishandlede rester tilbage. Han var den eneste i selskabet, der var noget afstikkende klædt, idet han bar plydses knæbukser med messingspænder, hvide strømper, lang vadmelskofte og en umådelig høj hat, der for øjeblikket hvilede på klokhusets kant. På skamlen ved bordets modsatte side sad tre personer: længst til venstre fødselsdagsbarnet, Søren Stougaard, ligesom alle de andre med et stridt kindskæg og med tinknapper i vesten, desuden iført en nygarvet, skinnende gul fåreskindstrøje, hvoraf dog kun ærmerne var synlige, og som udbredte en ubehagelig stank.

Ham nærmest tronede Mowns, en solid firskåren kødmasse med rygstykker som en ladeport, en stor, pumret mave, der bulnede ud af vesten, hvor den tvang tre knapper til at stå åbne og sled i de øvrige, som skulle de sprænges, hvergang der gik en latterbølge gennem fedtet, hvilken altid havde retningen nedefra og opefter. Ansigtet var bredt og jovialt, og Mowns fortalte med mange runde og malende armbevægelser; han var egnens berømteste skytte og strejfede gerne emner, der kunne lede talen denne vej.

Ved hans side sad som hans fødte modsætning Lång Niels, et langt, knækket riveskaft med nogle søsyge, grumsede ansigtstræk og en pibende røst, der havde skaffet ham navnet Rylen. Han havde ord for at være noget af en troldmand; under alle omstændigheder var det en kendt sag, at alle de folk, der aflagde ham besøg, kom fra ham i storm-fuld tilstand, selv om de kun var blevet beværtet med en "jenle swot", og den rus, de havde hentet sig hos Rylen, hørte der mindst otte dage til at forvinde følgerne af. Folk sagde, at han kom rottekrudt og pibesovs i snapsen; andre sagde, at han blot havde behov at skrabe sin ene negl over koppen i fandens navn; det sidste ansås for det sandsynligste. Det hed sig også, at han bragte sine ofre i denne hjælpeløse tilstand for des mere ubekymret at kunne tømme deres lommer og pengepunge. Det var også almindelig kendt, at han var i besiddelse af Cyprianus og "æ swot bog", og at han ved hjælp af disse djævlekatekismer malkede folks køer gennem to søm, som han havde slået op i bjælken hjemme i sin dagligstue. Og det må indrømmes, at Rylen så ud til allehånde.

Således var den forsamling, der hin vinterdag havde slået sig ned omkring langbordet i Mads Søndergaards dagligstue. De snakkede, de drak, de harkede og spyttede, så der stod en vandplask under hver af dem, der stadig øgedes af den smeltende sne fra træskoene. Enkelte af dem røg, og et fyrfad, som bitte Jens af og til måtte ud i frammerset med, stod fuldt af gløder på bordet op ad Kræn Konradsens trøjeærme, og den barkede kæmpe tog - for at vise sin foragt for ethvert element - de rygende emmer med de bare næver og lagde dem oven i sit pibehoved og sugede som et pumpeværk for at få tændt. En rød ølpotte uden låg stod på bordet imellem dem, men glædens kilde, der gjorde dem alle så veltalende, beroede i Søren Stougaards magre hånd i form af en tykbuget brændevinsflaske, der klukkede "som hønen mindelig" og slog sine lærketriller under næsen af enhver på den gavmilde mundskænks mindste vink. Der var kun et glas på bordet - det eneste i hele huset - det gik rundt så hurtigt, det kunne løbe fra mund til mund. Når en i selskabet trykkede det mod sine tørstige læber og lod dets fuselkradsende indhold sagte svinde bag de sorte tandstumper, så han med opspilede øjne ud for sig i salig drøm, og i det langtrukne: "A-a-h!" der undslap ham, når han satte glasset fra sig, lå der en salig jubel, en vild lovsang til fuselbrændevinen, hvis omkvæd var, at intet er så dejligt som at drikke sig fuld.

Engang imellem løftede en sig i sædet og så på skrømt ud af ruden, mod hvilken sneen blev ved at smælde. Snart begyndte de at fortælle emter og glemte derover både vind og vejr; det var historier, som de ligger i bondens dystre fantasi, avlet i Jyllands mørke vinternætter blandt sorte hedebanker, fortællinger om gengangere og hovedløse heste, sorte hunde og gloøjet djævelskram.

Visti, der havde den livligste indbildning, var især utrættelig til at opvarte med slige krøniker; han havde lige fortalt, hvordan Fanden hentede den gale greve på Rydhave. Da Kræn Konradsen, den mindst enfoldige i forsamlingen, tillod sig en bemærkning om tåbelige folks lettroenhed, tog Visti, for at overbevise tvivleren, et nyt greb i posen og spurgte udfordrende, om de da ikke kendte "Kren Tamsen i æ Sønder Møll?" Jo, naturligvis kendte de Kren Tamsen.

"Nu, så ved I wal osse, te han gik i manne år og host og haked og så ud som jen, en lig hår gravet å æ jurd. Men ved I, hudden han war bløwen søen? A tjent den gång ved

Pæ Ywsen i Bjatt, og det a nu vil fortæl jer, det er lisse sand, som a sejjer (sidder) her."

Da Visti med disse ord havde spændt forventningen, støttede han sine to albuer mod bordpladen, lagde sine kinder ned i hænderne og fortalte følgende: "Se, den her Kræn Tamsen, han war jo en tid mølleswend i æ Sønder Møll, en dygtig kål war Krejsten, og der war møj i æ hued a ham; løst (læste) gjorde han åltid, tidle og silde, det vil sej da, nær der war tid te'æ, for det war en kål (karl), der past hans sager. Der hår ålle wot (været) måg te mølleswend i æ Sønder Møll så læng nue ka how (huske). Men nok er det, en då, da æ hus stod tom, war han kommen op o æ lowt og war kommen til å vrød (rode) omkring i no gammel bøgger, der war bløwen kjowt o en awsjon atter en gammel præjst i Søwel, og der war jen med da så møj no fåle kjøn, rød bogstaw, men den sku han sgu heller ha læt legg, for det war akuråt Cypriånus - - - Ja, tho du hår jo osse Cypriånus, Niels," henvendte fortælleren på dril tværs over bordet til Rylen og plirede med øjnene til de øvrige.

"Hår a Cypriånus?!" sagde Niels med sin mest pibende stemme.

"Ja, søen går i det mindst æ snak."

"Å, hår a ett fjedt og fanden å en gammel helmes; ku du nu fo den løwn te lof (til at løbe)!" sagde Rylen så rød som et bloddryp, og under de andres ondskabsfulde skogren fortsatte Visti: "Nå, det går jo hwerken warr hæ bejjer: Kræn Tamsen begynder å løs' i den her bog, og jo mir han løser, des mir lyst han får te'æ. Den jen blåd (blad) vendes atter den nåen (anden), det går i jen toeg (tåge) for hans øwen, te sidst ka han næjsten hwerken sær hæ sans (fatte eller sanse), så hentawn (optaget) er han å'æ. Så hører han da med jet søen en forundelie skrudslen; han kigger sæ tebåg, og lig i det sjel samm sier han så møj en grimme hued, der griner øwer hans jen owsel (skulder) og glower nied i æ bog. Nu ku Kræn Tamsen mærk, det war gal, han håj løst æ dæwel te sæ. Men hwad han hår å gyer (har at gøre), han nied å æ lowtstrapp, som der ku da wot (være) ild i hans hæl; æ swed vælt ud af ham, og hans bjenn, - det war lig ved, de skuld slå sammel under ham. Nå, huddan det går, og huddan det går ett (ikke), han kommer ind i æ møllstow, og han war i hans hued som en kalked væg; men huer han war eller ett war, den slemm (Fanden) war i æ hæl af ham; og der kam de te å rend runden om æ lång burd (bord); nær Kræjsten war ved æ overburdend og den slemm ved æ nejjerburdend (den nedre bordende), så so han ham ett, imen han rend långs mæ æ burd, far han stak hans hued op lig ved ham; så a stej forfræ ijen, te Kræn Tamsen war lig ved å støwt (styrte). For den slemm vild jo hat ham med sæ, ka I forstå det! Nå, men si I kuns så: æ burdbien war laved i en kos (kors), det vidst æ dæwel ett, og blatt (pladask), der stumler han, og far (før) han er kommen op, er Kræjsten kommen ud i æ møllhus og hår fåt en dreng o en helmis og a stej atter æ præjst, ålt hwad remmer og tøj ku hold. Nu gjaldt æ om, te de ku gi æ spøgels nøj å bestill så læng, for han war nøj te å gyer, hwad de forlånged af ham, og så sætter de ham da te å puds knyw og gafler; og søen håj de nok ålle hat dje knyw (knive) pudsed i æ Sønder Møll; og det sejer de folk, der hår tjent der sin (siden), te det er lig møj, hwad de gjør ved de knyw, der er ålle såmøj som en rostplet å si o'em. Men det bløw han jo snår færdig mej, æ skåen. Nu såt de ham te å bær æ wand å æ mølldamm op øver æ hidbakker, og det sku han gyer med en sold. Han gjord æ osse, om end det war tøwtle arbed (trættende arbejde). Først ga de ham en ligfram sold, men den ku han ett brug, for det æ pilwoller (pilekviste), den var flætted å, gik øver kos; så to de æ bund å'en; det hjalp; nu kam der skub i æ arbed. Hiel den stur damm bløw lå tar (tør) på en bette vildhwol (væld) nær ud mødt i'en; den ku han ett tæmm (tømme).

Det war Krejstens rejning (redning), for lig i det samm go law kyrer æ præjst ind i æ gord, og æ hejst de war lig te de bewred (bævrede). No war Fanden en bette kål; æ præjst war han ræj for; han vidst, te det slaws folk war ett å spøg mæj; og gammel provst Bøtkær, det war sgu en kannis, der kund hans sager. Da æ dæwel so æ præjst, håj han ett mier, han sku ha så (sagt). Men hiel tomhinned (tomhændet) vild han ett a stej; ku han ett fo Kren Tamsen med sæ, vild han ha nøj ånt (andet), og så ga de ham dje bindhund; det war ynkele å hør, hudden en skreg i luften, da den slemm fløw hans vej med'en.

Søen kam de da å med æ skuel (skurken). Men Kren Tamsen forwand æ ett i ål hans løwdaw (levedage)".

Jens havde fulgt historien med åben mund, og hans øjne flakkede fra fortælleren rundt om på tilhørerne for at se, om de ikke blev lige så bange som han selv, og da Kren Konradsen atter ordrede ham ud i frammerset efter gløder, måtte han skyde sit bankende hjerte flere tommer til vejrs for at efterkomme opfordringen.

Denne histories sandhed ville Kren Konradsen vel ikke ligefrem bestride, men han trøstede sig med det ord af sin børnelærdom:

> den, Gud vil bevare,
> han er uden fare.

"Te (at) der jo går møj skidteri af bode den jen og den nåen handtiring, tho det ved a wal. Det war ålle ånt, end det or (år), a tjent i Vistorp; a war søen en stønnis (halv- voksen)-dreng, ja, a fulle da mej bode te det jett og det ånt, gik mi skor og to mi dram med de anne (andre). A hår ålle gawn (gået) å æ vej for æ arbed, og den sæk, a lod sto, den war der sgu flir, der lod sto. Se så håj de en pig - ja, hind kend du da, Søren, det er hind An Mari, der nu æ gywt mæ Brill-Dawed (Brille-David)."

"An Mari, Søren Pallisens dætter? Jow, det ka gjan vær, - a hår kjowt (købt) manne hvid stud i hinne fødgoed."

Kren Konradsen fortsætter: "Det war en rår pig å kom hen å gwol hy (gulve hø) sammel mej; a hår endda fåt manne sød kys af hind, nær vi war jenne i æ gwol (hørummet), og der bløw en bette pust imell æ hjøvown. Jøsses Krist, hwor det gik warm te! A vild gjan (jeg ville gerne), og hun vild sgu heller end gjan. Ja, hun war jo nøj slem atter æ kål, men det æ sgu åltid de hwellest (dygtigste) pigger te dje (deres) arbed. Nu, dæ her pig hun sku legg i en bette kammer, der gik ind fræ æ forstow; og der hår nu åltid gawn nøj og rumstired, osse i farom go daw (også i tidligere tider), nue (nogle) snakker om, te der sku vær bløwen en bindkræmmer (hosekræmmer) kwål på det stej, og te det sku vær en gammel ejer å æ gord, der håj (havde) gjord'æ, og derfor nu går og tar på vej ved nættetider i en par læjerbowser (læderbukser) og med en rød lue o æ hued; det ved a no ett, men så møj er sand, te der er en rud i æ forstow, den ka de ålle hold hiel, så er æ lig møj, hvad fanden de gør; sætter di'en ind i då (dag), er'en slawn ud inden i mån (morgen). Men se ål det vidst æ pig ett nøj om. Så er æ en næt (nat), a war kommen nøj silde (sent) i seng, så rywer æ pig æ dar op ind te mæ og kommer flywend i hinne jenne (bare) særk og skreg, te det war fåle, og det var lig te æ tænd de klafred i æ mund af hind. A trowed sgu, te hun war sprungen lig op i æ seng te mæ, så ræj war hun. De fæk hind ett te å legg i den helvedes kammer mier, om så det war æ lyw om o gye (livet om at gøre), så hun; der war nøj, der patu vild op i æ seng te hind: "Å jøsses, Krejsten, å jøsses, Krejsten!" Nu, a klapped hind lidt - hes og her (hist og her), og snakked wal med hind, søen te hun kam te æ snøvs ijen, og så lod a hind legg sæ i mi seng, og sjel gik a så ind og lå mæ i hinnes, for a hår ålle wot så møj ræj af mæ. A håj tawn en gued slawl (slagel) med mæ i æ seng og lejn mæ i Jeso navn, bejje diel håj at høt sku vær gued. Og a fæk sgu osse lov å leg i row (ro) - da for det føst. Men så ud o æ næt, så gir æ jo søen en skaltårn (brag); a tyt, det war lig som æ hiele kas (hele huset) sku ha sukken i æ jurd; det ordentlig rist æ seng under mæ, og med det samm gier æ bindhund (lænkehunden) sæ te å gy. A tint ved mæ sjel: Nu kommer æ! (nu kommer det) og to en gued taw om mi slawl, og så (sagde) lisse still ved mæ sjel: Er æ den gammel i æ læjerbowser, da ska han sgu få en gued tar (singedus) ved hans kief (kæbe); det ska blyw nøj, han ett ska nys fræ sæ! Men der kam ingen. Æ hund bløw ved å søg og spring op o æ mur udenfor mi vinni (vindue), og den war lig te den bewred af gal (rystede af arrigskab). For æ hund' (hundene) de æ jo så møj kloger end en nåen (en anden) o søne nøj (på sådan noget); de ka si det, vi ett ka si. Men nu håj a hør, te nær æ hund' de stod søen og søjt (tudede) ved nættetider, så skuld en list sæ te og legg dje ører sammel øver æ hued å'em og så kigg ind imell dem, så ku en si, hwad det war, de stod og gjelstred (skabte sig) for. Og hwad a hår å gye, a op og får mi bowser o (mine bukser på), tar mi slawl med mæ og går ud. Æ hund rend fram og tebåg i æ linki med æ hål mell æ bien og gy, så slavver og frod (spyt og fråde) stod ud å æ hals å'en. Så snår a kam i æ linki te'en, krøf'en ind mell mi bjenn (mine ben), og den rist, det sølle dyr, som for ål (alt) ondt. A fæk en osse te å sto, som a vild hå'en. Men det a so (det jeg så), det ska a ålle fortæl nowe menneskbåen (barn). A gjord' æ i mi nysgerrehied og øvermued (overmod), men a hår ålle gjord'æ hwerken far hæ sin n(før eller siden), og Gud fri jen fræ ål det, som ondt er!"

Med dette fromme ønske sluttede Kren Konradsen. Trods alt, hvad man trængte ind på ham, var han dog ikke at formå til at give den ringeste antydning af, hvad han havde set mellem de sammenlagte hundeører, men han så frem for sig med et udtryk som en mand, der har set ind i en evig gåde, men er besluttet på at tage dens løsning med sig i graven.

Også denne historie rystede Jens stærkt, og han grublede meget over, hvilke forfærdelige ting Kren Konradsen vel kunne have set, og om det ikke skulle kunne gå an, når Polla stod og tudede om natten, at gøre det samme ved den.

Fortællingerne gled videre, den ene mere utrolig end den anden, mens den himmelske nektar klukkede i brændevinsflasken, og humøret nærmede sig kogepunktet. Søren Stougaard havde allerede flere gange skrået over lergulvet til spisekammeret, hvor den gule dunk måtte låne af sin rige fylde til den tømte flaske. Ved hver ny omgangs begyndelse holdt Søren Stougaard med rystende hånd glasset i højde med sin penséblå næsetip og sagde regelmæssigt de samme ord: "Singot, gued venner! Tak for åll de gued gammel daw, og Gud læ wos ha endnu manne i vent!"

Endnu var man på det punkt, da vinen blot glæder menneskenes hjerter, gantes med gemytligheden, men ikke ligger i boleri med ondskaben. Også "æ Møgelkjærmand", det evneløse, sølle skrog, der blot var som en tarm til kortvarig opbevaring af mad og drikke, også han forsøgte med sit fattige, stolprende ordforråd at være morsom, men når han med stor møje havde fået sit indfald færdigt og var nået midt i fortællingen, blev han så himmelglad ved tanken om, at også han havde forsøgt en vittighed, at han gav sig til at skoggerle af det, han vidste ville komme, rodede rundt med gravepoterne nede i bukserne og kastede sig som i tarmvrid rundt på sædet som en bjørn, der kildres med en vognstjært. Det kom aldrig til hans bevidsthed, at hele forsøget var død i fødslen. De andre sad med et overbærende smil, der udtrykte så meget som: Tho han er et fårehoved, og det må man bære over med.

"Æ Slemm Dreng" var heller ikke af de livligste. Det var tydelig nok, at han brød sig pokker om, hvad de andre fortalte, men sad her kun for at få del i den dejlige snaps, der vankede. Imellem omgangene sad han åndsfraværende og trommede med fingrene og tænkte øjensynlig på en eller anden skurkestreg, som han skulle forslå næste dag med.

Rylen, der i lang tid havde siddet med det tværeste ansigt på i anledning af Vistis bemærkning om Cyprianus, hvoraf han skønnede, at han skulle "være til trekant", tøede mere og mere op, alt eftersom snapsene gled i ham. Som en kender holdt han den sidste slurk brændevin nogen tid i munden, før han siede den ned gennem den lange, tynde hals, der var grumset og gul som en gammel ost. Længe efter, han havde drukket, stak han tungen ud af munden for at indhente snapsens sidste rester, og frembragte hele tiden en lyd med læberne, der mindede om den, krebsene giver til bedste, når de i nogen tid har været trukket op af vandet.

Mowns strålede som fuldmånen i opgang, hans mave var spændt som en tromme, fuld af drøn, og hele personen lyste af indre velbefindende. Nu og da, når noget i særlig grad morede ham, løftede han sindigt og med det bredeste smil den lodne hundeskindshue og kløede sig med alle fem fingre øverst i skaldepanden. Han havde nylig været uden for døren i et naturligt ærinde; på børns og bønders vis havde han højlydt råbt over bordet, hvad han ville ud efter; han kom ind med den forsikring, at det "endnu war en himmelknog".

"Ja, Gud ske lov for husly, så æ ræw, han so under æ harre," svarede Visti.

"Ja," fortsatte Mowns, "det æ snår vejlo (vejrlig) i då som for flir or sin, da æ hejst de skjenn (løb løbsk) med Wolle Søwsi, I ved ham æ mejsterskytt i Bjårkær. .... Ja, det var ynkle, som han kam af daw,"lagde han til, øjensynlig i den hensigt at få en opfordring til at fortælle denne sørgelige hændelse. Da ingen sagde noget, begyndte Mowns uopfordret på den for bønder omstændelige måde og med talrige sidespring følgende historie.

"A war lig kommen i æ gord, som a nu hår; det war akkuråt lig æ or far (året før) te Jens Pallisens vejsterhus fild nied og slo hans kreaturer ihjel, og æ or far ijen war'æ pinnede, te vi håj dæ her forskrækkele tar (tørre) sommer med ål den lyssen (lynen) og torren, der kløw æ kerktorn i Vrow. Det war en streng år å få æ skatter ud i. Æ kreaturer stod og sult o æ mark, te det knap ku hæng sammel; hjemm i æ hus' (i husene) håj en ett nøj å kyl for'æ. Æ hawer kam lig oven æ jurd, der bløw æ stanst å æ tar (tørken); den jen stro sto o æ awer og råft te den nåen, så lånt (langt) war der imell'æ. Der var manne jen, der det or fæk en knog (et klem), han ålle forwand. A glemmer ålle, hudden Birre Ywersted en då, hun gik og sammelt hinne krumm hawerstjeller (smule havrestrå) sammel, to (tog) jen af de bette bundt og holdt en op i æ vejr og råft, det lied ting (det lede asen): Tykkes do ett, du må skamm dæ, Worherr (Vorherre), søen som du hår stanned (lavet)vi fatte dæwel (fattige djævle) wor sager?" Hun war jo åltid en hwerregal (hvirvelgal) kwind, og hun fæk da osse hinne straf for'æ, inden hun død.

Men hwad det war, a kam fræ: A håj jo ålle kjend sue møj te Wolle Søwsi. Ja, a håj sit ham, nær han rend med hans bøss over mueser og kjar. En sær bette spirris (spirrevip) war æ å si o; en par krumm bjenn gik han og vringelt o; en stur hued (hoved), der soed nied mell æ skåldrer (skuldrene), og så så møj no forvilde øwen, der flakked runden om. Men Gud spår wos, hwor det mennesk ku skyd! Det war lig møj, hwad vejr der blæst o sky, Wolle ku gå ud og skyd de villerst ænder, og gjæs så fied, mi salighed, te wor præjsts tænd vild tow gång ha løven i vand, håj han sit'em. A lå tit mærk te ham i mi ung daw, nær han kam for en flok fowl (fugle), her'nied i æ engi. Det war lig møj, hvor høt (højt) en vief (vibe) war op, han sku nok slå hind fræ æ skogger (klippe den ned). Ja, det kund nu ålle gå hiel rigtig te; og der war for den sags skyld da osse nok, der vidst, hudden Wolle war bløwen så fåle en jegger (jæger).Den slaw lær en ett af Worherr. Men det war i Wolles kåldaw (karledage), og det war en sønde, han war te åltes. Da nu æ præjst håj gin ham æ vin og brød, sak (sank) han æ ett, som en nåen, men reser sæ lig op fræ æ ålterburd og går udenfor og spytter æ op o æ kjerkmur, og da han er kommen hjem, og det er bløwen awten, tar han hans bøss og går op o æ kjerregord og sætter en hawl-skod (skud) i den her plet o æ mur. Sin so de ålle Wolle i æ kjerk ved nowe høtti (højtid), og sin skød han ålle fejl a nue slaws lig (nogen ting). Ja, de så for vis og sand, te han ku gå ud i bråndmørk (brandmørke) og skyd lig op i luften, og en lidt atter (efter) ku der så fald en goes nied gjemmel æ skorsten. Men den slaw går jo til en tid. Der war dem, der så, te de håj høt den slemm (Fanden) roef udenfor hans vinnier ved nættetider og sej: "Nu er di tid snår udløven (udløbet), Wolle!" Åltid gik der nøj og fesselt og gjord mollør (larm) i æ gord, og de ku vown mødt næt og hør, te æ høwder det brøl i æ ståld, så det war gruele, og ett en mennesk turd sto op af si seng og si atter (se efter), hwad der war imell'æ.

Der war ingen ting, der ret vild trywes (trives) for ham: æ kyer kåst æ kal, og æ foer kam for tidle (tidlig) med dje lamm, æ vind sled æ tåg (taget) å æ hus' - a hår alle sit en mier forrøwen gord (forrevet gård) - og Wolle brød sæ ett om ånt end æ bøss. Nu war han bløwen gammel og kroged, det war Wolle; hans kuen død (døde), hans bøen død, og åll folk gik de å æ vej for ham, de war ræj (bange) for de her forville (forvildede) øwn. Han undgik osse helst folk, nær han kund. So han, der war jen o hans vej, sku han snår kom nied mell æ bakker.

Så er æ en vinterdag ved kjørmestid, te han war kjor øver for å hent en par tønder hawer ved en mand iTrøwed (Trevad). Det war opholdsvejlo (godt vejr), da han kjor; men han er ålle så snår kommen te vejsend, far det gir sæ te o knyg (fyge), så det war da fåle. Æ folk i Trøwed raj (rådede) ham te å blyw, men der war søen urow øver ham, det war lissom han skuld a stej. Han kommer te kyren (han kørte); det sto i jen hwelknog (himmelfygen) runden om ham, ett tål om å si hwerken vej hæ (eller) sti. Det war en forvowen vejlo å kjør ud i. Nu, han kommer igemmel æ o (åen) og ud øver æ hied, inden det war bløwen å' mørk. Endnu war æ hejst endda bløwen ved å find æ vej; det war så heldig, te de håj sidwind. Men nu kommer han ind imell æ Grim-Bakker, og det ved vi jo ålsammel, te der åltid hår gawen (gået) nøj og gjord sæ te'æ (skabt sig) a jen slaw heller en åen (en anden), og lig som han skal drej om ved det, som vi kalder æ dæwels-æst (bag), så blywer den fræens (frahånds) sky - og klemmer sæ ind imud den teens, søen hun osse bløw forskrække; æ stjat (vognstangen) gå mødt øwer, og æ helmesser tar te lof (løb), som om æ dæwel war i æ hæel å'em. Nu begynd æ hoer å brend (brænde) om æ ører af Wolle; han tyt lissom han høt jen, der slo en skogger op ind imell æ bakker. Æ krikker war ett te å styr ved, nu da æ stjat war i stykker, og så i søn'en Guds vejlo! De kam fræ æ vej, og hen øver den flywend hied (flyvende hede) lod æ ta, og det war lig så de strat (strakte) sæ ad æ jurd. Nu kender I jo nok de her rædle (fæle) hyw brinker, der løver nied imod Swot-mus (Sortemose); der flywer de jo badus nied å, så Gud Fåre fri wos (Gud Fader fri os) wal! Der o æ bakksid fand de sin Wolles lue (hue) og den jen af hans træsko, og lig nejen for i Swotmus fand de æ hejst med æ vown øver sæ. Men ihwad de ledt, og ihwad de søjt - Wolle war ett å find opp hæ nied. Han må jo vær fallen ud å æ vown og suk-ken nied under lot (lukket) låg. Men te det jo war æ

dæwel, der war o spil og nu håj hent Wolle Søwsi, det war
der ingen, der twilt o af dem, der håj sit, hudden Wolle
stilt (stilede) hans sager."

Under denne historie havde mørket sænket sig tættere og
tættere foran de små vinduer, og et tællelys var hentet ind
på bordet. Men efterhånden som rusen steg, tabtes lysten
til længere historier; man kunne ikke holde tråden fast,
ethvert forsøg gled ud i sandet og endte i støjende råb fra
alle sider. Man var kommet til rusens andet stadium, da
menneskene begynder at vende vrangen ud af deres væ-
sen. Al hæsligheden i dem sugede næring af den kære
fusel og satte blomst i et nu, som paddehatten i et øjeblik
vokser frem af den trøskede stamme. Deres tanker legede
om det sjofle, som rotter om en svinetønde, de talte så
blodrødt, så inderlig opknappet om elskovens sødeste
hemmeligheder, sådan som ældre mænd er tilbøjelige til
at tale om ungdommens guddommelige rettigheder. Med
øjne, der stod dem ud af hovedet, matte og hængende som
tinknapperne i deres vest, begyndte de at gøre hinanden
betroelser fra ægtelejets klamme omhængssenge, hvor
vanen og den fælles varme holder to mennesker klistret til
det samme halmknippe. Som altid hos fulde folk trådte
der en eller anden styg grimasse frem på deres ansigt.
Rylen søgte at skyde sit særligt bevægelige mundtøj ud i
en lang trut, så det fik lighed med en gammeldags snøre-
pung. Møgelkjærmanden krøllede sin klumpnæse som en
proptækker, Søren Stougaard mimrede som en vaske-
bjørn, og Kren Konradsen "klipped pib'hytter" med øjne-
ne.

Nu fordrede stemningen sang; det var mest soldaterviser
fra salig Frederik den Sjettes tid:

"Den mand, som kongen tjene kan
med fær-r-rrdighed og mod,
han kan for sit land
ofre liv og blod."

Men ind imellem gled også viser om Fedri Mikkels over
al beskrivelse kåde bedrifter blandt de trinde bønderpiger:

"I gu-awten da war Fedri Mikkel te wos,
men i awten da kommer han her;
han kløw op på pigens knæ.
Hej, Fedri Mikkel osv."

Under denne sindsforvirrede støj var en mand fra nabo-
byen - Jep Smed - trådt ind i stuen; han var en stor spøge-
fugl og havde listet sig til at komme et par rædderstene af
en ræv, han just havde krænget, i Møgelkjærmandens
kaffepunch. Den ulykkelige, der i sin fuldskab holdt det
for sukker, som han ikke kunne få til at smelte, rørte og
rørte for til sidst fuld af fortvivlelse at prøve på at få has
på dem med tænderne. Først nu opdagedes spøgen under
de andres umådelige skogren, mens Møgelkjærmanden
trak sig om bag klokhuset i tavs foragt for den menneske-
lige slægt. Imidlertid var der kommet fjendskab op mel-
lem Rylen og Slemdrengen, idet den første påstod, at
Slemdrengen havde drukket af hans kop; grove skældsord
fløj som stenkast gennem luften; til sidst kunne deres
følelser kun tolkes gennem knytnævesproget; et regulært
slagsmål var i opmarch; begyndelsen gjordes ved, at
Slemdrengen væltedes over mod klokhuset, hvorved hans
høje hat aldeles masedes; derpå slæbtes han af den af
kampiver pibende Ryle ud på gulvet, men forinden havde
Slemdrengen set sit snit til med den frie arm at rage til en
kovs (lerkrukke), der stod fuld af fløde på bilæggerovnen;
med et vældigt brag, der forstærkedes ved Margrethes
hjerteskærende jamren, styrtede den knust mod lergulvet.
Slagsmålet fortsattes; det var som at se et par vildorner
støde hinanden i bugen med deres hugtænder; de to slags-
brødre var aldeles gule i synet af mordlyst; deres tænder

skurede, og de greb efter hinandens næser og skæg eller
endnu ømfindtligere legemsdele; men deres greb var alt
for usikre og de selv for vaklende til for alvor at komme
hinanden til livs; til sidst rullede de begge om i den
strømmende fløde og rev langskamlen med sig i faldet.
Her på den moderlige jord fortsattes den i høj grad urid-
derlige og regelløse kamp. Slemdrengen havde sin styrke i
at sparke. Engang så han sit snit til at plante sin jernbeslå-
ede træsko midt i Rylens slunkne bug; Rylen brølede som
en skovtrold; det var som om alt hans usle livs indhold
ville op gennem hans hals; i næste nu famlede hans lange
fingre, der var magre som en hængts, ved Slemdrengens
stubbede strube. Denne stred vildt for at komme løs; hans
fortrukne mund åbnede sig til et skrig, der blot lød som en
styg gurglen, mens hans øjne vendte sig som et par ægge-
blommer oppe under brynet. Da løb Jep Smed til og vri-
stede Rylens rovfugleklo fra hans hals, og efter et par gisp
fik stymperen atter fast fod i timeligheden.

Vildt hylende havde Jens betragtet slagtummelen fra
dørkarmen ind til spisekammeret, ængstelig for at få en af
de sparkendes træsko i hovedet. Larmende og bandende
ravede selskabets medlemmer et for et ud af døren og
forsvandt i natten og snevejret. Søren Stougaard var nu
alene på skansen med de tømte flasker. Han råbte myndig
til Jens: "Stå ikke der og brøl, knægt! Træk af dit tøj, for
nu kan vi træng til at komm i seng, dæwlen brækk mæ!"

8

Al denne vildhed og løssluppethed i liv og sæder prægede sig tidligt i Jens' modtagelige sind. Hans dag blev en utryg vandren under bedstefaderens truende ris, hans nat en kvalfyldt drøm om frygtelige væsner, der jagede ham med grinende tænder og frådedryppende tunger, og han kunne vågne op ved midnatstide og kalde på sin mor med høje angstråb.

Hans undervisning i kristendom begyndte med det fjerde år og lededes udelukkende af bedstefaderen, der så let kunne forene dette fag med sit særegne håndværk, løbbinding, da begge dele i en væsentlig grad var grundet på riset. Undervisningen bestod i en død indterpning af nogle for barnet såvel som for den gamle selv aldeles ubegribelige "livssandheder" eller teologiske hårkløverier, som Søren Stougaard i sine skoledage havde lært af en løbedegn. Disse visdomskorn i fællesskab med en halv snes lange bønner af "Den bedendis Kiede" eller andre rynkede skindbøger omplantede han nu i denne uberørte barnehjerne. Undervisningen tog gerne sin begyndelse kl. 8 om morgenen. Da vækkede hans mor ham med ordene: "Bitte Jens, kan du nu komm op og bliv hørt i di bønner af bedstefar." Så snart han havde fået tøjet på, sneg han sig listende og med bankende hjerte ind i det rum, hvor den gamle sad med sine halmløb som en vældig hersker midt mellem bunker af ris og andre skrækforvoldende magtmidler.

Den lille purk gjorde sig så myg som muligt, idet han stillede sig op bag bedstefaderens trebenede armstol og begyndte at fremplapre en morgenbøn, hvori han takkede Gud for denne nat, der for ham havde været fuld af onde drømme og brændevinsstank, og han bad Gud mindelig holde sine hænder over sig resten af dagen og ikke aldeles knuse ham under sin vrede.

Jens overvejede, om Gud Fader var værre eller bedre end bedstefar, om han lignede ham, var ligeså gammel og slem efter brændevin, og om han havde en lignende lodden og fedtet kabuds på hovedet. I bønnen forlød der noget om "et tugtens ris" i forbindelse med Gud Fader; han sad da sandsynligvis og bandt halmløb som bedstefar og slog små drenge på det ubarmhjertigste med riset, når de sagde fejl i deres kristendom.

Fra morgenbønnen gled man over til Fadervor; det var sådan en rar bøn, syntes Jens, for den var så nem at huske. Men efter den kom, hvad han aldrig gik i møde uden bæven, en redegørelse for menneskets forhold til de tre personer i guddommen. Her indskød han altid i stor skynding en sagte bøn for egen regning, der gik ud på, at når Vorherre ville hjælpe ham forbi de frygtelige skær uden hug, da skulle han være en god dreng resten af dagen, ikke trække sin søster Maren i håret eller pille ved mors rokkesnor. Men denne ligefremme henvendelse til de højeste magter blev regelmæssig overhørt, og Jens tog daglig fejl i magtfordelingen mellem de tre personer i guddommen.

"Hvem har skabt dig?" Den gamles stemme lød som torden i hans ører. - "Gud Fader!" kom det gispende fra Jens. Nu var den første revle klaret; men der var to endnu. "Hvem har igenløst dig?" buldrede den gamle videre, mens han satte sin pren i halmløbet lige til skaftet. Jens' hjerne fyldtes med tåge; de tre personer i guddommen dansede rundt inde i tågen, hvor den ene blev til tre og de tre til en. Hvem skulle han udpege som den skyldige, Guds søn eller Gud den Helligånd? Han havde aldrig forstået udtrykket igenløst. Det var som om der oppe under hans hjerneskal for en humle rundt uden at kunne komme ud. Sønnen og Helligånden kivedes om æren, men Jens turde ikke give slip på nogen af dem. Den gamle begyndte en ildevarslende rømmen; noget måtte der siges. "Gud den Helligånd!" kom det svigtende og åndeløst fra Jens; men i samme nu susede riset svippende ned over hans ører. "Hvor tit skal a sige dig, at det ikke er den Helligånd!" Og riset svippede endnu et par gange.

Det var et ynkeligt syn at se den lille purk med munden fuld af gråd, med ansigtet rødt og sorgoprevet strække de små hænder afværgende op over hovedet for at afbøde slagene, mens han hulkede: "Gu-d-s sø-ø-øn!"

Resten af forhøret foregik under strømmende tårer. Så snart Jens havde hulket sit sidste amen, afskedigedes han i stor unåde.

Således hengled endnu et par år, under hvilke Jens indsugede et stærkt og mættet had til denne vindtørre gamle soldebror, hvis eneste bestemmelse her i livet tilsyneladende var at plage ham med prygl og bønner og døde remser.

Da fik Søren Stougaards liv en brat afslutning.

Nede ved åen lå der et færgeleje, der betjentes af et gammelt halvfjollet fruentimmer, som boede på den østre side af strømmen et 100 alen fra bredden. Ofte kunne man i mørke efterårsnætter høre folk, der var kommet til åen fra den anden side, brøle som besatte halve timer ad gangen, før de fik den halvdøve kælling op af fjerene.

Således kom da også Søren Stougaard en høsteftermiddag til dens bred i temmelig beruset tilstand; efter nogen nølen kom kællingen ned til båden, en elendig gisten og smalbundet tingest, der trak vand som en spånkurv. Kællingen satte sin oppustede vom imod bådstævnen og skød den ud i vandet, hvorpå hun ved et reb firede den over til den ventende. Overfarten begyndte. Under denne omkom Søren Stougaard. Hvorledes det i sine enkeltheder var gået til, blev aldrig fuldt oplyst; kællingen påstod, at han tvært imod hendes advarsel havde taget plads på den smalle båds ræling, og at han dér havde fået overbalance.

Af folk, der var kommet til ved hendes hylen, blev han vel trukket i land, men kun som død. Mads Søndergaard hentede ham i en havvogn fyldt med halm. Margrethes fortvivlelse var uden grænser.

Han blev lagt på strå i den stue, hvor han så tit havde pryglet barnet, og kun med en vis indre glæde kunne Jens se den hånd for evig lammet, der så ofte havde været løftet imod ham.

I den senere tid havde Søren Stougaard næsten ikke været til at udholde. Under et deliriumsanfald var han således en dag sprunget ud af sengen og løb i det bare linned op over markerne, indtil håndfaste mænd indfangede ham og på ny førte ham hjem over bakkerne.

Han var blevet til rædsel og sagn i egnen. Om natten lå han og fablede om sorte, lodne hunde, der bed ham i benene og over lænderne. Jens huskede også en dag, da han var alene i fårestien. Pludselig stod Søren Stougaard ved siden af ham i den bare skjorte og med febervilde, rindende øjne. Han var løbet fra sine vogtere og ville nu tage levelam ud. Men han kunne ikke få fat i de ængstede dyr, der ikke var vant til at blive opvartet i Sørens mundering. Jens måtte da være ham behjælpelig. Og engang, da han med stor møje havde fået et af de genstridige dyr slæbt hen til det gale menneske, råbte Søren Stougaard efter at have lagt sin rystende hånd på lammets ryg: "I Gud Fåre (Fader) fri wos! det er jo en hund, en hund! Din satans dreng, kommer du her slæbend med en hund! Vil du kyle den ud! ud! sejer a, dæwlen bræk mæ!" Hvorefter han selv frådende og bandende styrtede ud af fårestien.

9

Efter bedstefaderens død gled Jens' båd ind i roligere vand. Hele hjemmet havde i mange år ligget som under en uvejrssky, fra hvilken man hvert øjeblik kunne vente et nedslag, men efter at hin hjemmets forbandelse nu var hævet, begyndte solen atter at lege over de mosgrønne tage.

Nu toges Jens en tid fra bønnebøgerne og religionen og sattes til det mere jordiske hverv at vogte gæs på de afmejede bygagre. Det syntes ham i begyndelsen et herligt liv, men efterhånden følte han dog, at også dette havde sine skyggesider. Det kildrede hans forfængelighed at have en 20-30 befjerede undergivne under sit herskerspir; men undersåtterne viste snart den sørgeligste mangel på lydighed. Især var en stor, hvid gase hans daglige sorg; dette dyr var i besiddelse af et uregerligt sindelag, der også drog de øvrige med i åben opsætsighed mod den lille gåsefyrste. Således skete det ofte, at hele skaren under det hvide utyskes anførsel stormede frem under øredøvende spektakel for med udstrakte halse og opspilede næb at nappe Jens i de små bukseben, men her var stokken dog i stand til at bringe dem fra deres skammelige forsæt. Anderledes hjælpeløs stod han, når de kom op på en bakkekam, hvorfra man kunne se vandet nede i åen. Her skete det nemlig ofte, at alle gæssene på et signal af Jens' smertensbarn, den hvide gase, løftede de lange halse, steg til vejrs og forsvandt med skrål og vingelarm over hans hoved. Den besvegne hersker stod alene tilbage med sin stav og græd. Thi hvilken møje kostede det ikke at få de tåbelige dyr samlede igen! Det var en hel dags søgen langs grøfter og bække. Efter en sådan dag gik Jens ofte ind i gåsestien og gav den hvide gase et par velmente kindheste; nu kunne han en anden gang forsøge at lege vildgås, så skulle der vanke endnu mere!

Bedre held havde Jens som fårehyrde; om end fårene kunne være "skajle" nok, holdt de sig dog til jorden, selv i deres udskejelser.

Allerede i april måtte han ud over mark og hede med sin lodne flok. Det var en kold fornøjelse. Sneen lå endnu hist og her ved digerne og dækkede sig med en skjold af snavs mod de søgende solstråler. Lærken sang med rystende stemme, som om den frøs, og vinden peb i de fjorgamle siv og for med et grådigt hyl omkring gravhøjen, hvor Jens havde dannet sig et skjul på læsiden som et andet markens dyr, mens han holdt øje med, at hans lodne flok ikke smagte på den grønne rugs forbudte frugt.

Han frøs, så tårerne kom ham i øjnene, og næsen blev helt blå i spidsen. Men iført en afdanket kåbe af sin mors, hvis ærmer var dobbelt så lange som nødvendigt, og som nåede ham lige til hælene, søgte han tappert at ride stormen af. Med tiden fik han en vis øvelse i at fryse. Vinden jog tværs igennem ham og slyngede sig om hans ben, så han blev helt kold inde i maven. Engang imellem, når de små tæer krympede sig sammen i træskoene, sprang han op i galgenhumor og trallede og dansede rundt om sin fåreflok, indtil stenene og de gamle kæmpehøje dansede med, og han svimmel og forpustet trimlede om på den våde jord, mens han kluklo ved den sære kildren, som svimmelheden vakte i hans mellemgulv. Når han lukkede øjnene, var det, som han drømte. Jorden under ham veg og veg, og det var som at falde gennem store dybder. Og hvor henrivende varm han var blevet under sin hvirveldans!

Hans dag var meget ensformig; engang imellem kunne en flok vildgæs larme igennem luften og slå sig ned i engen; det var en hel oplevelse. Eller en hare kunne springe over marken og more ham med at rejse sig på sine bagben og kigge efter ham. Ellers gled den ene dag omtrent som den anden. Hans eneste selskab var den fjollede Sine Ywersted, der også vogtede får og uafladelig snurrede med læberne som en spinderok og levede i en digtet verden af djævle og troldtøj, som hun uden ophør bekæmpede ved at hive sten og stokke gennem luften. Når hun da troede at have truffet en af sine forfølgere midt i planeten, slog hun en høj skranni (latter) op og begyndte sin vilde jagt forfra. Sine var virkelig intet "rosomt" individ, desuden vidste man aldrig, hvornår man fik en sten i nakken.

Det kunne hænde, at der var bryllup nede i byen; da bankede Jens' hjerte af henrykkelse; thi hans vagtsomme øje skelnede hver enkelthed fra toppen af den nedsunkne kæmpehøj. Derfra kunne han se hele den bugtede rad af stive vogne fyldte med højrøstede mænd og leende piger, der lod de brogede sjaler flagre i vinden, kunne se og kende hestene, der kåde krummede de svære halse og prustede i smækfed selvfølelse under det nye seletøj, kunne høre pisken knalde og tonerne fra landsbyspillemandens revnede violin dirre gennem luften lige op til ham i hans ensomhed. Hver streng sang igen i hans bryst. Om han blot måtte have fået en skefuld af den dejlige mad, der vankede, - han turde vædde på, at de fik sødsuppe med rosiner i, hvad der var en gudespise i Jens' øjne - det ville have været noget andet end hans daglige kost: en endskal ost til et stykke bart brød. Nå, fik han end intet af den liflige gildesmad, tonerne fra den lystige violin lød for ham som for alle andre, og han dansede rundt som en vild og slog kolbøtter ned ad gravhøjen, så fårene sprang langt bort af forfærdelse og troede, at deres strenge vogter var gået fra snøvsen.

Festdag var det også, når et får fødte i marken; først var der den lilles pleje, ved hvilken Jens heltemodig ofrede sin trøje, der blev lagt over den rystende spæde som en overdyne; så kom hjembæringen, der skete under en egen højtidelighed. Hvor følte han sig ikke stolt, når han kom dragende ind ad gårdsleddet med det brægende får ved sin side og det lille nor, der hængte med ørerne af kulde, omhyggeligt viklet ind i hans overtøj. Et ålam gjaldt en pandekage, et vædderlam kom ikke højere end et blødkogt æg. Han kendte sine får som en mor sine små, for ham havde de ikke de døde stivnede ansigtstræk som for alle andre; han kunne se, når de var glade, og når de var bedrøvede, og han betragtede hvert dyr i flokken som noget for sig.

Ikke altid vogtede han dem på ageren, den halve dag var de på heden, og det var nok så lystigt. Hu, hej! Den store vilde hede med dens hundrede glæder og adspredelser, med løb og leg sammen med de andre hjorddrenge så lang dagen var! Lyng i lyng helt ud til synsranden, og om efteråret hele milestrækninger oversåede med de rødeste tyttebær. Efteråret var dog gennemgående en ond tid; 14 dage i træk kunne det skylregne, den store lyng blev så våd, at man næppe kunne trække benene igennem den; ens bukser forvandledes til kolde omslag, der klæbede til lår og knæ og sugede modet af ens blod. Der kunne gå uger, hvor han hver aften kom hjem uden en tør trævl på kroppen, og næste morgen måtte han have de fugtige pløger på igen, med mindre Margrethe havde haft ild i den store bageovn, thi da var der hjælp selv mod den vådeste trøje.

I efterårstiden fik fårene også en snert af nederdrægtighed, især i den tid de løb efter "skurrehatte" (paddehatte); da var de ikke til at styre. De kunne begynde ved hedens ene rand og blive ved til den anden uden at raste, halsende af sted som besatte af onde ånder, op ad bakke og ned ad bakke. Hvert øjeblik sank de i bagbenene og vædede lyngen, så af sted igen med sænkede muler og fimrende haler, mens Jens hujbrølede i fortvivlelse over ikke at kunne holde sammen på de vanvittige dyr.

Om sommeren gik det bedre, skønt også den havde sine farer, nemlig hugormene. Det var ikke så sjældent, at et får blev bidt i næsen af det lumske dyr; da måtte Jens styrte af sted efter brødskorpe og skorpionolie, hvis han ville redde dyrets liv; thi det får, der begyndte at hænge med ørerne eller kaste sig på siden, kunne i næste nu ligge med opsvulmet bug og sprællende ben.

Selv levede Jens i temmelig god forståelse med hugormene, skønt der altid gik et uvilkårligt gys igennem ham, når han så én, og det gjorde han daglig, især de hede sommerdage, når luften stod stille over de små hedesøer, og solstrålerne brændte én vabler på ørerne; da sås de i mængde nede ved "æ søland", alenlange og brogede som et gammeldags hosebånd lå de og nokkede i det ovnhede sand, virrede ustandseligt med det flade hoved, og skød kroppen ud og ind i sig selv, mens tungen vellystigt spillede i de edrede mundvige. Han havde også set dem komme svømmende fra søland til søland med hovedet stift løftet over vandfladen og den øvrige krop efter sig som en lang, bugtende piskesnert.

Det var blevet ham fortalt, at de levede i store boer under en hugormekonge af et vildt forunderligt udseende; de holdt for det meste til under "hugormkålene" (bregnerne) nede i de dyndede moser.

Man skulle aldrig slå en hugorm ihjel, for da ville de andre hævne drabet grumt; men til den første man så i forårstiden, skulle man sige:

> Hugorm, spar du mig og mine,
> så skal jeg spare dig og dine!

Det var dog klogt, mente Jens, ikke at være alt for tryg. Han huskede nok en aften forrige sommer; han havde været ude i nabolaget at søge efter et bortkommet lam. Det var blevet sent, og han havde en lille mil at løbe over heder og moser uden vej eller sti. Men han kendte disse egne som sin egen bukselomme; hver usædvanlig knold i kæret, hver vidjebusk, hver tørvepyt, hvert stillestående blævverhul (dyndhul) i de ormesnoede hedeveje gennem dette mørke fastland lå nøjagtig kortlagt i hans hjerne.

Dog var det blevet lovlig sent denne aften. Månen løftede med anstrengelse sin tunge, gule skive op over horisonten omme i nordøst og kastede et rødligt lys som fra en troldlygte hen over den sorte lyngslette, hvor de små hededamme stod og emmede som kæmpemæssige skåle; det var mosekonen, der havde sat sit bryg ud for at svales. Nede i mosen harkede frøerne deres ensformige korsang, idet den ene søgte at overskråle den anden som degnene ved et juleoffer, og engens og sommernattens utrættelige trommeslager, horsgummen, slog sine larmende og halsbrækkende kolbøtter i den lyse juninat. Nede i den rygende tørvemose havde solduggen for længst knyttet de små røde hænder om dagens fangst, og talrige spindere udspændte deres galgereb mellem skærgræssets stride blade, mens musene peb af fryd og slikkede dug blandt mosesvingel og kambunke, der i negstore buketter hældede sig ud over de mospolstrede tørvegrave og kastede et mat og udvisket billede ned i det stille, rygende vand.

Duggen lå allerede tykt og blinkende i græs og lyng, så Jens var drivvåd til knæene. Han havde forladt agrene og var kommet ind i heden; her måtte der løbes stærkt, for at man ikke skulle få de bare fødder fulde af stikke (vissens tornre), Jens gik altid i stunter; fra maj til ind i oktober vidste han næppe, hvor hans træsko var. Men i aften ville han ønske, at han havde haft dem. For her var rædselsfuldt med torne og stive gyvelkviste, og de nøgne hæle var sprukne i den hede sol med revner dybt ind i kødet, og den i soltørken snoede fessel under fodballen gnavede og gnavede. Han måtte huske at smøre revnerne i lidt lysetalg eller fastende spyt, eller kunne han finde et rigtigt tykt spindelvæv oppe på høhjallet, ville det være det allerbedste. Han løftede sig på tåspidserne og løb som en gedebuk hen over den dugblinkende hede, mens han nu og da udstødte et "av!" og skar en grimasse, når en lyngrafte borede sig alt for dybt ind i de åbne hælerevner. Han havde løbet hen over en jævn flade, hvor man havde skåret hedetørv, og nu bar det ned ad en bakke, på hvis side hårdkamper (en sivart) og katteskæg stod og hviskede i den næppe kendelige vind. Han følte et kølende pust om sine kinder, og foran ham stod en vigende mur af tætte dampe. Det var, som om han løb ind i uld. Han kunne knap se sine egne fødder i den koglende tåge, men over hans hoved stod de velkendte stjerner og så nok så ligeglade ud. Jens var kommet ud på en mose; han var ingenlunde bange for, at han skulle løbe vild, og syntes til en begyndelse, at det var morsomt i denne susende fart at ryge lukt ind i skyerne.

Men hvad var det? Noget klamt slog op om hans ene fod og atter noget klamt! Milde Jesus, var det hugorme! Uden at han rigtig havde tænkt derpå, var han løbet ud over den frygtelige Djævlemose, hvor det altid gik myldrende tykt med disse dyr, et sted, som ingen betrådte uden med træsko eller støvler på. Jens' hjerte stod næsten stille af angst; han hørte det ringe for sine ører og følte en underlig hede oppe i hårbunden. Han løftede sig endnu højere op på tæerne og løb, så der stod ildprikker for hans øjne. Men i denne skynding tabte han noget af den sikkerhed i springet fra knold til knold, som han havde tilegnet sig under årelang øvelse, og før han anede det, slog han en kolbøtte og rullede under afmægtig gråd ned i en næsten udtørket tørvepyt. Et par snavsede hænder og våde knæ var al den mén, han havde af faldet; op igen og af sted som en vanvittig! Endnu et par gange havde han følt noget som en klam, slimet slangebug mod sin nøgne fod, og hver gang var der undsluppet ham et kvalt angstskrig, og hver gang havde han strakt sig højere på tå. Det var som at løbe hen over gloende strygejern. Nu for han over en plet, hvor solen havde slikket vandet op, og kun det halvtørrede dynd lå tilbage; det klæbede om hans fødder som beg og kvasede ud mellem tæerne; - han ænsede det ikke, han havde kun én tanke: så hurtig som muligt at nå den anden side. Men hvad var nu det! Noget stygt havde slynget sig om hans højre fod nede ved anklen; du forbarmende Gud, var det atter en hugorm! Han syntes, han kunne mærke, den borede sit klamme hoved op under hans stunte og bed. Han slængte og slængte med foden, men det ville ikke slippe; halvt bevidstløs bøjede han sig ned for at rive det bort. Det var en porsrafte, der havde skudt sig op om hans ben! Kort efter lå han på lyngbakken ved mosens anden bred, gispende af løbet og drivvåd af sved og sindsbevægelse; først lidt efter lidt afgav nerverne på ny deres spænding, mens den slørede nat åndede sin kølighed på hans svedstribede kinder.

Men aldrig mere kom Jens på Djævlemosen med bare fødder.

Fra fårehyrde forfremmedes han til kvæghyrde og kom nu til at herske over de store vidtstrakte kær og enge langs Karup Å. Her gik det løs med fiskefangst og fuglesnarer nede i de sure sige, hvor vandet stod råddent og sivede inde mellem græstotterne med en egen tyk, tjæreagtig metalglans, og hvor bekkasiner og ryler gik og sylrede så fede og tamme, at man kunne slå dem ned med hjordkæppen. Altid var ens hoved omsværmet af flokke af viber, og ind imod høst gik storke i snesetal på engene og knebrede og løftede på de store vinger inde mellem drifter af hvide stude.

Der førtes et muntert liv på kæret med de øvrige drenge. Især var humøret højt om søndagene; da var der lige som højere til himlen også, som om alt i rummet krævede større plads på den dag og fik det. Folk gik i pyntede flokke

langs vejene og lo; ploven stod og rustede i furen; mog-
vognen var sat bag ved laden, og de gamle stinkende ar-
bejdspløger med de umådelige bødeklude var slængte i
bunker i afsides kroge. Den dag blev der også fejet særlig
omhyggeligt inde i husene, borde og bænke skinnede i
sandskuret pragt, stue og gange, ja selv stenbroen foran
vinduerne blev overstrentet med kridhvidt sand, og gule
og blå blomster hentedes hjem fra engene og sattes op
omkring skilderierne og de afskallede spejle, mens rese-
daens og lavendlens gennemtrængende duft drev omkring
de okkergule salsvægge.

Også nede i kærene kendtes denne søndagsstemning; på
den dag vankede der ofte tykke melpandekager på smør-
rebrødet; der spilledes mere "skorsten" og handledes mere
med piske om søndagen, og agtpågivenheden med kreatu-
rerne var svagere, hvad der tit havde de fordærveligste
følger for den enkelte. Thi havde ens strenge husbond, der
nu og da spejdede fra husgavlen, opdaget et høved i hav-
reageren, kunne hyrden i stedet for nadver forberede sig
på nogle forsvarlige tamp af læderremmen, der just hang
til dette brug på et søm i sovekammeret. Ofte hændte det,
at den fortørnede fremskyndede hævnen ved personlig at
indfinde sig i kæret med det frygtede våben i næven, ef-
terladende synderens bag i en tilstand, der billedligt ud-
trykkes ved, at "den havde lagt røde grise".

Sligt var vel aldrig overgået Jens, thi Mads Søndergaard
var ikke nogen særlig streng far. Men Jens huskede dog
en kvæld, da hans forsyndelser havde været særlig grove,
at faderen med lurende skridt søgte at få ham fat i gårds-
leddet. Jens slap imidlertid behjertet tøjret og løb; det blev
et kaprend omkring østerhuset; Jens, der var på bare fød-
der, havde sikkert med lethed kunnet undløbe den aldren-
de mand i de tunge træsko, men han havde ikke gjort
mange skridt, før han følte sine ben stivne nede fra og op,
angsten og medlidenheden med egen nød havde lammet

hans muskler, så han stod og trippede, som på en gloende pande, til faderen greb ham og fuldbyrdede sin hævn over ham.

Dette oplevede han ofte senere i drømme: Når noget ondt forfulgte ham, og han følte nødvendigheden af "at sætte det lange ben foran", mærkede han på det farlige punkt den samme slaphed i haser og knæ, der hin kvæld havde gjort ham til et bytte for faderens vrede.

Jens styrede sin flok med myndighed, og den adlød ham som et højere væsen. Han kendte det enkelte dyrs lune og tilbøjeligheder og benyttede sig deraf. Han brugte sjældent pisken og altid med forstand, så dyret aldrig kom til at føle, at det fik prygl, uden det havde fortjent det. Han vidste, at kreaturerne har deres følelser for ret og uret såvel som menneskene; tror de, at de er blevet forurettet, hævner de sig eller gør sig stædige.

Jens kunne lokke ethvert af sine høveder til sig ved at udstrække højre hånd og lade de fem fingre spille; så rakte de mulerne frem for at blive kløet på kværken; til gengæld slikkede de så hans trøjeærme med deres lange, ru tunger.

Ikke altid var den gensidige forståelse dog så god. Der hændte en aftenstund følgende: Jens havde drevet sin flok sammen i en krog af kæret, hvor de oprinkede tøjr lå, og skulle just til at "ta fat" af dem. Men de bandsatte dyr sprang op på hinandens ryg og gjorde ham den ene knude værre end den anden; da de havde drillet ham allerlængst og vist sig på den vrangvilligste måde overfor alle hans ønsker, blev han hidsig, greb en trærod og slængte den på må og få ind i flokken. Han havde aldrig så snart sluppet den af hånden, før han angrede det, men for sent; han hørte et vildt brøl og så et af dyrene rasende bryde ud af skaren og dreje tre-fire gange rundt om sin egen akse, mens en sort blodstrøm piblede ned over dens ene kind. Jens kom til at ryste over hele kroppen. Hvad havde han dog gjort! Slået øjet ud på sit eget yndlingsdyr, den hjelmede stud! Han græd af fortvivlelse. Sådan måtte vel Kain have dræbt sin bror.

Under de frygteligste selvanklager kastede han sig om halsen af det ulykkelige kreatur, der blindet og feberpint fældede tårer med det sunde øje, mens blodet dryppede tykt og sort ned fra det, der var knust.

Jens talte til det med indsmigrende ord, klappede det på mulen og strøg det på kinden, mens han forsikrede det om, at han ikke ville have gjort det. Den hjelmede rystede traurig på ørerne og stirrede uforstående på sin ven med sit store rødkantede øje; omsider kobledes den sammen med de øvrige og førtes over vajsen og hjem.

Mads Søndergaard blev, som rimeligt var, bestyrtet ved at se dyret i denne tilstand. Jens måtte indbilde ham, at en af de andre ovnere med sine horn havde stukket dets øje ud, da han ellers havde været sine klø vis. Han stod og skælvede, mens han løj. Men mørket hindrede faderen i at se ham i ansigtet; ellers ville han let have opdaget den sande sammenhæng.

Dyrlægen hentedes, og den hjelmede blev forbundet og sat på stald; men mangen sildig aften, når der var røgtet ind, og ingen mærkede noget, linnede Jens nødsdøren og gled op i båsen til den hjelmede, der stod med klude for det syge øje og magredes. Og Jens spurgte til dens befindende som til en syg kammerat, kærtegnede den over øjet og over kinden og gav den til sidst et kærligt kys på den brede snude midt mellem de store, fugtige næsebor.

10

Sådan voksede Jens op mod konfirmationsalderen. Fra 20. marts til hen mod november var han kun under tag om natten; regn og storm agtede han ikke; den ansås for et pjok, der gik i ly for et regnskyl; det var netop kækt at lade sig gennembløde.

Han smeltede mere og mere sammen med den omgivende natur. Han kendte hvert hareleje på ageren og kunne gå til de små killinger, der lå og sov med åbne øjne, og knibe dem sagte i de lange ører. Han var en mester i at finde fugleunger; han fløjtede for dem og fik dem til at åbne deres røde svælg og gav dem spyt på sin fingerende.

Således blev han naturens fortrolige, for så vidt som han vidste, hvordan den opførte sig, men dens ven blev han ikke. Tværtimod, han lærte tidlig i naturen at se en fjende, der måtte tages om struben med hårde hænder for at slippe den ringeste del fra sig. Det kunne hans far tale med om. Hvor havde han ikke slidt for brødet! Hans lænd var blevet skæv, og hans ryg havde bøjet sig i kamp mod flint og al. Jens havde undertiden fulgt ham, når han brækkede hede; de røde øg trak, så det knagede i selen; plovjernet sang i gruset, og kom det for en sten, hoppede ploven ret i vejret; armtykke pors- og vidjerødder sprang med et knald, mens den lille spinkle mand slængtes hid og did. For hver to favne måtte han standse åndeløs og puste; tit væltede den løsnede fure tilbage igen, så måtte den tvinges til lydighed med spaden eller endog med den bare næve.

Her i furen bag efter plovspandet fattede Jens en dyb kærlighed til denne far, der måtte slide så hårdt for at høste nogle fattige strå.

Da strengt arbejde altid giver en alvorlig livsbetragtning, blev Mads Søndergaard tidlig stærkt religiøs. I gårdens bænkkrog på den kalkede væg ved siden af et grufuldt olietryk af den korsfæstede stod der en boghylde med en samling sorte postiller og salmebøger, hvis antal voksede år for år. Op til boghylden stod gerne grovkagen. Hvor tilfældig end denne sammenstilling kunne synes, indeholdt den dog en dyb lære; thi "Guds ord" og "det daglige brød" har alle dage været de to væsentligste magter i bondens liv og var det ikke mindst i Mads Søndergaards.

Når solen stod på, faldt der fra hin hylde en lang, sort skygge ind i stuen, og det var ikke blot rummet, som beskyggedes fra denne krog.

Allerede gennem bedstefaderen var det blevet indriset i Jens, at Gud var en vældig straffer af overtrædelser, en hævner uden glemsel og en spejder uden lige, hvis øje intet menneske kunne skjule sig for. Og i Jens' ensomme hyrdeliv mellem kær og sumpe havde den overbevisning ædt sig dybere og dybere ind i ham, at Gud var noget, der ville ham til livs, og hans liv var blevet en årelang rædsel for det deroppe, som han ikke kunne give navn eller form, og de sorte bøger i bænkkrogen bestyrkede ham kun i denne rædsel.

Da han blev taget fra hjordkæppen og sat til strengere arbejde, måtte han hver søndag, når alle havde vasket ugens sved af sig ved det rummelige vandtrug, høre Mads Søndergaard læse de milelange prækener af Ludvig Harms eller Vilhelm Beck. Mads læste med en sylrende, tungsindig stemme, der tit blev borte i gråd, og Margrethes tårer dryppede ned i den bunke af bødeklude, der var uadskilleligt forbundet med hendes tilværelse.

Der steg i en sådan andagtstime en kulde og et mørke op af Jens' sind, så han umuligt kunne afholde sig fra at græde. Kun halvt forstod han de sorte bøgers strenge tale, men så meget kunne han dog begribe af ordene og forældrenes gråd, at Gud var meget vred på dem allesammen, at de sandsynligvis havde mange ulykker i vente, og at de

skulle vare sig, så skammelige syndere de var. Gud kunne
ramme dem, når mindst de tænkte derpå.

Jens vendte hele tiden det spørgsmål i sit hjerte: Hvorfor
er Gud så vred, hvad har vi stakkels mennesker gjort?
Slider vi ikke fra morgen til aften; har nogen set min mor
ledig, er min far ikke skæv i lænderne af de tag, han dag-
lig tager? - Jens kunne ikke udholde det; han måtte ud.

Augustsolens milde eftermiddagslys lå over egnen; lange
"arke" skød sig hen under himlen som mælkestrømme, en
sagte vind gled ind over agrene med en sky af bakkestjer-
nens hvide fnug foran sig; en flok viber kredsede ude over
brakmarken, og nede i kæret havde hjorddrenge lavet en
"vækild", hvorfra en blå røg drev lavt hen over siv og
pors.

Jens glemte i et nu sin sorg; med bagen af hånden viske-
de han tåren af øjet, smed sine træsko og løb over diger og
grøfter ned til drengene omkring vækilden, hvor han mod-
toges med jubel og stegte kartofler, og hvor den lille viltre
flok af naturbørn morede sig med at kaste våde lyngtørv
på bålet for at få det rigtig til at kvulme, mens de opførte
vilde danse omkring ilden, holdt hinanden i hænderne og
sprang ind i røg og ud af røg, gispende, kværkende og
jubeldrukne.

11

Jens var i denne tid et bytte for den frygteligste sjælenød.
Endnu var ikke den ringeste skygge af tvivl på de sorte
bøgers tale gledet gennem hans sind; som de fleste bønder
nærede han en grænseløs tillid til det skrevne ord. At
mange mennesker sagde løgn, vidste han, men at noget
menneske kunne finde på at skrive, hvad der ikke var i

den nøjeste overensstemmelse med sandheden, var intet
øjeblik faldet ham ind.

Jens væltede og væltede uden ophør den samme ang-
stens sten: Frelst eller fordømt? Men han vovede aldrig at
kløve den eller sparke den fra sig; den tyngede i hans
hjerne om dagen, og den lå på hans bryst om natten og
skaffede ham stygge drømme.

Der var ikke de bedste udsigter for Jens' salighed, der-
som det skulle gå så hårdt til, som Harms prækede. Han
havde virkelig allehånde at bebrejde sig, så ung han var.
For det første havde han jo slået et øje ud på den hjelmede
stud; og det var virkelig en meget stor synd. Hvor længe
havde nu ikke det stakkels dyr stået og pintes; man kunne
se, hvor det satte af, og hvor de skarpe hofteben trådte
frem i huden; desuden havde han ved sin hidsige handling
påført faderen et større tab, da dyrets værdi nu var blevet
betydelig forringet. Men han havde endnu værre ting at
bebrejde sig. Han huskede nok en lummer middagsstund
inde i det halvmørke høgulv; ja, det var græsseligt, som
han huskede hver enhelthed! Jens og Sine til Per Prim-
dals, de to alene, begge lidt over konfirmationsalderen,
var, mens alle andre sov middagssøvn, krøbet ind ad en
luge i Mads Søndergaards østerhus for "at hoppe i høet".
Det var i og for sig ingen brøde, da høet derved blev bedre
gulvet, og hvilken himmelsk glæde var det ikke at kaste
sig ud fra hanebjælken og lade sig dumpe de 8-10 alen
ned i det duftsøde hø. Da Jens snart blev lidt forpustet,
lagde han sig på ryggen i gulvet; men den frække tøs, der
ikke havde fået nok af legen, blev ved at klatre op over
hans hoved og suse ned i bunken ved siden af ham uden
hensyn til, at lufttrækket pustede hendes skørter op og
røbede ikke så lidt mere end hendes fyldige ben. Jens
vidste ikke rigtigt, hvad det var, der foregik i ham. Havde
han nu ikke år efter år klædt sig af i samme stue som tje-
nestepigen og aften efter aften været vidne til hendes lige-

fremme loppejagter i den bare særk; ja, han var også engang rent tilfældigt blevet vidne til en scene med tre bønderpiger, der - nøgne som gimmerlam - en nattetime i kådhed og i tillid til, at de var ubevogtede, havde forsøgt, hvem der først kunne lægge sin nøgne hæl på den mandshøje bilæggerovn. Og Jens huskede ikke, at det i nogen synderlig grad havde forstyrret hans sindsro. Noget helt andet var det med denne tøs, der her blev ved at udæske ham. Der var noget så nervepirrende ved denne susen af hendes skørter såvel som ved hendes latter, der fødtes under den salige omfavnelse af luftsuset og dets svimmelsvangre kildren.

Af alle de måder, kvinder har at kokettere på, var Sines sikkert en af de farligste.

Jens havde i lang tid kæmpet en kamp så hård, som man med billighed kunne forlange det af et kristent menneske; han havde tålt hendes små fodspark og hendes udfordrende tilråb: "Drywkil, snudstud, skvatnavle!" - men da hun endnu engang kom susende, og Jens i flugten greb synet af et solbrændt knæ over et rødt strømpebånd, slog han ned over hende som en høg, kyssede hende, kildrede hende, så han næppe vidste af sig selv mere. Hun lo og knistrede på den mest gavtyvagtige måde, og skønt hun hele tiden hviskede: "Jens, lad vær! lad vær!" sagde hun det med et så hyklerisk tonefald, at det var lige så godt som et: "Bliv endelig ved!"

Men sådant noget kunne Vorherre jo ikke have; og Jens tvivlede ikke på, at han sent ville glemme ham det spil. For han havde ikke taget helt ridderligt på Sine, om end hun selv havde lokket ham, den skammelige tøs. Eller det var snarere djævlen, der havde lokket dem begge, og det var med sønderknuselse, at Jens følte i sit indre, at djævlen ville kunne lokke ham endnu engang, om han bare ville gøre sig den umage. Han undgik derfor så vidt muligt at træffe Sine alene; men blot erindringen om hende fyldte hans sjæl med syndige tanker. Og det var ikke den eneste gældspost, Gud bedre det! som han havde med Vorherre: Som barn havde han hørt, at den, der "gjorde falsk ed", gik nådesløs til helvede; desuden havde han forstået, at eden bestod i, at man rakte tre fingre på højre hånd i vejret under et "Jeg sværger!" Og om han så var myndig for at beherske sin tilbøjelighed til at prøve virkningen af dette ugudelige forsøg! Det kunne da aldrig være andet end djævlen, der indgav ham den indskydelse, at han, når han f.eks. stødte mod en grøft, højtideligt skulle række fingrene i vejret og sige: "Jeg sværger, at jeg vil gå evig fortabt, hvis ikke jeg springer over den grøft!" Første gang, han vovede springet, gik det let; anden, tredje, fjerde gang: let. Men nu berusede han sig i sin forvovne trods; hans hjerte slog hårdt ved tanken om den høje indsats; han sprang og sprang; men til sidst lokkede den slemme i forbindelse med hans egen fortumlede hjerne ham til at vove springet på et sted, hvor grøften var alt for bred, og med vaklende knæ og en rød tåge for øjnene hoppede han i til skrævet, så vand og dynd sprøjtede op om ham.

Efter et sådant uheld slæbte han sig våd og sønderknust op af grøften. Han vred sig på grønningen i angerens gråd for Gud. Han havde i sine ben følt noget stivnende som hin aften, da han løb for sin far. Han var ikke i tvivl om, at det var djævlen, der havde hindret hans spring og nu sad et sted i nærheden og lo ham ud. Å Gud, å Gud, hvad skulle det blive til! Han blev jo længere des syndigere. Han følte, hvor den slemme drog sine garn tættere og tættere om ham; han befandt sig som en stakkels flue i edderkoppens spind. Ville noget kunne redde ham fra den evige ild? Han satte sig ned på en knold og overvejede sin indre tilstand, hans sørgmodige blik gled hen over endeløse, våde enge, hvor efterårsgræsset stod og døde en langsom død under en tungskyet himmel. Til sidst faldt hans

øjne på studene, der roligt gik og ruskede græsset i sig
uden den mindste skyldbevidsthed. Ak, tænkte han, de var
lykkelige! De havde ingen himmel at håbe og intet helve-
de at frygte.

<h2 style="text-align:center">12</h2>

Således gled årene, mættede af angst og frygt, hen over
Jens' hoved, og dunene begyndte allerede at spire om hans
sammenknebne mund, der i al den tid næppe en eneste
gang havde været kruset af et smil eller dugget af et kys.
Thi han havde hele den forsagendes rædsel for kvinden,
der fører manden fra synd til synd for til sidst at udlevere
ham med hud og hår til djævlen. Han ræddedes for hende
som den, der nærede et grundinstinkt i hans natur, instink-
tet til livet. Men hans religion var jo ikke livets, men dø-
dens. Med strenghed havde han kuet alt det i sig, der
bandt til denne jord, og ved Guds bistand havde han ud-
ryddet meget; men der var en følelse, han tilsyneladende
stod magtesløs overfor: elskoven. Han havde kæmpet
mod sit eget kød og blod med skjold og lanse lige fra sin
første ungdom; han havde ligget på knæ for Gud med
oprakte hænder og bedt ham dræbe denne lidenskab i hans
bryst; alt forgæves; den var uudryddelig som følfoden, og
dog ville jo alle hans anstrengelser for at blive et Guds
barn være hen i vejret, hvis ikke han fik denne drift under
sin hæl. Thi fra denne ene brændende lidenskab udgik al
hans syndsbevidsthed. Ikke således, at han nogensinde
siden hin dag i drengeårene havde forgrebet sig på nogen
kvinde; han kunne lukke sin favn for dem, men ikke sin

fantasi, og skønt han jog efter disse fantasier, som man jager efter høge, vendte de stadig tilbage og satte deres kløer i hans sjæl. Det var, som om Satan havde søgt forbund med egnens skønneste piger for at berøve ham hans sjælefred og bringe hans salighedshåb til at vakle. Om dagen stod han sig nogenlunde imod dem, men des forfærdeligere var hans nætter. Thi i drømme glemte han både loven og evangeliet, og der ville ikke komme det ringeste salmevers på hans læber, mens han droges ind i de ugudeligste påfund med de trindeste bønderpiger, der med runde arme trak ham viljeløst dybere og dybere ind i syndernes mangfoldighed.

Efter sådanne nætter vågnede han, badet i sved og med en følelse, som var han blevet voldtaget. Hans første tanker var da gerne at hænge sig, men så snart hans bedre selv kom til orde, indså han, at det jo bare var at trykke djævlen det stykke reb i hånden, hvormed han kunne hale ham til sig. Hans næste tanke var en ordløs bebrejdelse mod Gud, der så dårlig havde vidst at beskytte ham. Havde han dog ikke ofte nok lagt sin sag i hans hænder? Ja, havde han ikke i aftes, før han lagde sig, læst et stort stykke i "Den bedendis Kiede" og med brændende tårer anmodet Gud om at sætte englevagt ved hans seng! Var der måske så mange, der havde bedt om det samme - og deriblandt dem, der havde større krav på bønhørelse end han - så englene ikke kunne nå at besætte alle de mange vagtposter? Han måtte altså kæmpe sin kamp alene, alene! Hvad han aldeles ikke formåede.

Af alle Engkjær piger var der dog ingen, Jens frygtede mere end Ane, fordi hun var langt den smukkeste. Hendes ansigt besad en egen fin bleghed; hendes næse var lidt kroget og læberne røde og fyldige som bristefærdige af kys. Hun var højere og slankere end ellers egnens kvinder, og hendes gule hat og hvide forklæde lyste om høslætten ud over alle engene.

Ane havde mange bejlere, og hun gjaldt for at være knibsk, men på Jens kunne hun se med et eget ømt udtryk i sine lidt slørede øjne; ja, der var også imellem noget ydmygt og bedende i blikket. Hun havde forelsket sig i denne kantede særling med de brede skuldre og de store, kraftige arbejdshænder.

Jens kunne ikke begribe det; han vidste, at han aldrig var gået ud for at møde hende, og dog mødtes de ikke sjældent, og hver gang havde det samme gentaget sig: Ane borede forlegent sin venstre træskohæl ned i sandet; Jens fremstammede nogle tossede ord om høbjærgning og tørveskær, ingen nævnte et suk om det, de begge tænkte på, og når de skiltes, var de begge lige krebsrøde af forlegenhed. Men skønt Jens hele tiden kun havde set på hende fra siden, havde han udmærket opdaget, hvor smuk hun var, hvor hendes tænder var hvide og hendes arme bløde og runde, og meningen med det ømme blik var heller ikke undgået hans opmærksomhed.

Men Jens betragtede sig selv som "en Guds naziræer", hvis opgave først og fremmest bestod i at tøjle kødets skammelige krav. Ikke desto mindre erobrede Ane større og større plads i hans martrede sjæl, skønt han egentlig måtte betragte hende som hørende med til det onde; også i nattens syner var hun forrest blandt de smukke og forførende plageånder, der havde bragt hans forpinte ånd til vanviddets tærskel, ja, til randen af helvede.

Imidlertid antog hans dystre religiøsitet større og større omfang. Der var også tider, hvor hans forældre frygtede for hans forstand. Tit hørte de ham vånde sig i søvne med den usigeligste jammer eller kalde på Gud i nattens mørke som fra dybe, dybe afgrunde af angst og våde. De kunne finde ham sunket ned over sit arbejde i laden eller i en mørk krog af høstænget, hvor han sad og stirrede hen for sig med store, sorgtunge øjne, fra hvilke gråden strømmede ned over hans kinder. Ja, en dag havde han standset en ham vildfremmed mand og sagt: "Se her et menneske, som er mærket med fordømmelsens segl!" Derpå havde han taget sig til panden og vildt hulkende fortsat sin gang mod arbejdsmarken.

Det var øjensynligt, at der måtte indtræde en forandring, hvis ikke hans forstands lys aldeles skulle udslukkes. Selv ventede Jens ikke nogen forandring. Som ved et uhyre sugeværk følte han sig trukket dybere og dybere ind i sine skæbnesvangre forvildelsers mørke. Hans kinder blev gustne og hule, hans øjne store og brændende, hans gang ludende og uskøn, og altid hang han over de sorte bøger i bænkkrogen, og med forkærlighed udsøgte han de dunkleste steder i Bibelen, som Johannes' Åbenbaring, Daniel og de vanvittige syner hos Ezekiel og Jeremias. Han drev det endda til at have Bibelen med sig i marken for ikke at fattes Guds ord, mens han spiste sin mellemmad.

I lang tid havde han nu ikke set Ane, fordi han undgik at komme på de veje, hvor han udsatte sig for et møde med hende; men jo mere han undgik hende, desto stærkere plagedes han af nattens syner.

Det var efter en af disse blodrøde nætter, da hans opstemmede drift i kvindesyg rasen endnu engang havde slængt med nakken imod himlene og syndet vildere og mere, end han kunne afbede ved talløse dages ihærdige anråbelser, at han tog sin bøsse ned fra bjælken i dagligstuen og skyndte sig ned til åen, mere for at forjage sine mørke tanker end for at skyde vildænder. Han gik sydpå op mod åens strøm, der her gik stridt og solfavnet og klingert syngende kom dansende imod ham som billedet på al jordens fred og lykke. Hvor elskede han ikke denne venlige, lille strøm, der gled så kært igennem hans barndoms land! Han, hjemmefødningen kendte jo intet andet vand, havde aldrig set det hvileløse hav og aldrig den brede, glitrende fjord. Hvor var det ikke underligt at tænke sig, at hvis man blot besteg den lille, smalle båd, der lå hist henne mellem de høje dunhamre, og bragte den midtstrøms, så ville åens små, kåde bølger pile af sted med en til en bred fjord, fjorden atter bringe en til havet, og hvem ved, måske var al ens synd og sorg så skyllet hen med det samme! Å, om man kunne rejse ud! Han var syg af at traske om her i denne sumpede dal, over hvilken dunsterne stod stille fra de mange moser og dyndhuller. Der steg så meget usundhed og koglen op af den jord, der aldrig havde været vendt af ploven og aldrig havde båret andet end pors og svingel.

Under slige betragtninger fortsatte Jens sin vandring langs åens østre bred. Den kølige aftenluft havde en behagelig indflydelse på hans ophidsede nerver; han gjorde sig anstrengelser for at glemme sine natlige kvaler og hørte med velbehag, hvor de kiselblanke padderokker og de afblegede krebseskaller fra den oprensede å knasede under hans jernsinker. Nu og da for en aborre med et klodset spring hen over vandspejlet i en af åens talrige kriger, og en studssnudet odder, der havde holdt sit måltid på den høje åbred, styrtede med et højt plump i vandet. En dvaskvinget måge sejlede i skrå flugt ind over engene i øst, og omme i vest gik solen ned mellem to høje ledstolper. Det var som at se ind i den evige ild, eller - slog det nu ned i Jens - som at stirre ind i en ond ånds vilde, rullende øje.

Og atter blev hans tanker et bytte for mørkets blændværk. Han kom til at tænke på en forfærdelig drøm, han havde haft for nogle nætter siden. Han syntes, han havde stået på sognets kirketårn, hvorfra han kunne se både jorden, himlen og helvede. Langt ude bag om vestens rand flammede et umådeligt bål, hvorfra store ildsluer skød op over himlen som mægtige nordlysflammer. Jens anede, at dette var indgangen til helvede. Og ud af dette flammesvælg væltede et broget mylder af sære skikkelser med allehånde besynderlige våben, der funklede om kap med de jagende ildsluer. I en endeløs række strakte djævleskaren sig i en bugtet linje lige ind i himlen. Her var altså tale om et planlagt overfald mod Guds Majestæt. Jens havde mærket, at alt hans blod blev til is inde i ham. Han ville skrige. Han følte, at han spilede sin mund højt op, men kunne ikke få en lyd frem; det var, som om den var fuld af uld. Imens blev djævlene ved at myldre op i himlen. Han så de hvidklædte engle blive grebet og myrdet en for en, så himlens sydvæg drev af englenes røde blod.

Da lød der på én gang et forfærdeligt skrig; det var som om jord og himmel, som om floderne, havet og alle bjerghuler havde forenet deres struber til et eneste rædslens råb, der lød så jamrende og gennemtrængende, at det måtte kunne høres ud hinsides syvstjernen.

Og da vidste Jens, at man havde undlivet Gud.

I næste nu så han Satan i triumf flyve gennem rummet for at tage den dræbte Guds verden i besiddelse. En umådelig skygge slæbte efter ham som et groft, sort klædebon. Hans vinger rakte fra himmelvæg til himmelvæg, og uafladeligt dryppede det fra dem med ildgnister og glødende svovl, der tændte de underliggende skove og kornmarker i brand. Og udover jorden så han menneskene stå i sammenløbne klynger med den dybeste rædsel tegnet i de

blege åsyn, mens de bevægede deres kroppe frem og til-
bage som moden rug, før den rammes af leen.

På én gang gik der en frygtelig rystelse gennem jorden,
som om en mægtig ånd havde givet den et spark. Det var
Satan, der havde sat sin fod på den. I samme nu styrtede
kirketårnet sammen, og Jens sank med et skrig ned mel-
lem dets ruiner.

Da han vågnede, stod hans mor ved hans seng. Hun
spurgte blidt, hvorfor han havde skreget, men måtte flere
gange gentage sit spørgsmål, før Jens vågnede af sin sjæ-
leangst.

Det var ganske vist kun en drøm, men hvad om det nu
var sandt, at Gud var død, og Satan verdens behersker! Og
var der ret beset ikke meget, der tydede derpå? Syntes han
ikke at spore djævlens finger i alt, hvad der skete omkring
ham; og hvor følte han ikke djævlens efterstræbelser i sit
eget kød og blod! Og hvad havde Gud formået over for
alle djævlens onde anslag og idrætter? Hvor brændende
havde han ikke anråbt om hjælp, men ikke en eneste gang
opnået bønhørelse.

Å, hvor forfærdeligt! Her vandrede han rundt på bunden
af denne dal, der nu lå sløret af en trolddomsagtig em,
over hvilken stjernerne blamrede som matte lys; men over
disse lys var der intet medlidende gudeøje, der bespejdede
hans veje fra himlens dybder, men fra alle fire verdens-
hjørner var han jaget af usynlige magter, der evigt grave-
de afgrunde for hans fødder og evigt gød gift i hans døgn!

Jens havde gjort omkring og fulgte nu strømmen i mod-
sat retning uden at være rigtig klar over, hvorhen han gik,
men stadig forfulgt af de mørkeste forestillinger.

Han havde fjernet sig lidt fra åen og skrånede med lu-
dende hoved og bøssen løst i armen ind over engen mod
sit hjem, da al hans opmærksomhed samledes om et af de
syner, som hans ophedede hjerne nu frembragte i så rige-
ligt mål. Det forekom ham, at et hæsligt fordrejet åsyn

tegnede sig i den lette tåge foran ham og fulgte ham under gangen.

"Satan!" for det gennem Jens, og i samme nu kastede han bøssen til kinden og fyrede i retning af åen. Men røgen havde ikke blandet sig med engens damp, før hans ører nåedes af et vildt skrig som af en kvinde. Åndeløs styrtede han henimod åen, og på dens duggede bred lå der en fuldstændig afklædt pige, som Jens ved første øjekast ikke genkendte, da hendes højre arm lå hen over hendes ansigt; men så snart han havde kastet sig på knæ ved hendes side og med skælvende hånd fjernet hendes arm, så han, at det var Ane. Fire-fem røde dråber på venstre arm og skulder sagde ham tilstrækkelig tydeligt, hvad der var sket.

Hun måtte være gået herned for at bade, hvad hans fødebys piger ofte gjorde på denne tid af døgnet, da de mindst risikerede at blive overrasket, og nu havde hun siddet der på bredden og tørret vandet af sig, da det frygtelige skud faldt. Skønt hun lå som død, gik dog hendes barm i blide dønninger. Jens lagde sin arm ind under hendes skuldre og hævede hende sagte op, mens han med grædende stemme gentog: "Ane, bitte Ane! Har a gjort dig fortræd? Å, slå dine øjne op, Ane! Det er mig, det er Jens!" Men besvimelsen ville ikke høre op. Jens lagde hende på ny ømt ned i græsset og tog vand af åen i sin hule hånd og badede dermed hendes ansigt og barm. Alt forgæves. Her var intet minut at spilde; han så ingen mulighed for at iføre hende det ringeste klædningsstykke; ej heller tænkte han i sin ulykke derpå. Han så kun hendes nød, ikke hendes nøgenhed.

Den stærke mand tog da den nøgne kvinde op i sin favn og løb med hende som en rasende ind over de dampende enge. I begyndelsen sprang han som et dådyr over de bredeste grøfter med sin ulykkelige byrde højt i favnen. Men senere, da kræfterne mindskedes, vadede han over til bæltet. Han havde en lille fjerdingvej at bære hende, før han nåede sin fars gård, hvor han ville føre hende ind, da den lå nærmest. Han ophørte ikke med at løbe, skønt de drivvåde bukser og støvlerne, der var fyldte af vand, gjorde løbet anstrengt og vaklende. Han bar den voksne kvinde, som man bærer et sygt barn. Det hvide jomfrulegeme, hvis former dunkelt skimtedes i sommernattens halvlys, dannede en mærkelig modsætning til hans sorte vadmelsklæder og store, brune hænder. De tunge bloddråber på den hvide hud havde forenet sig under det stærke løb og flød i en lille, rød strøm ned ad den sødt rundede, slapt nedhængende venstre arm. De små pletter på arm og skulder - for dem frygtede han ikke, men et mindre sår i nærheden af hjertet, for det nærede han større angst. Endnu før han forlod engen, havde han lagt det højre knæ imod jorden for at få et bedre tag om hendes hjælpeløse legeme, da han stadig var bange for, at han ikke tog blidt nok på hende, dog også for at hvile et par sekunder, thi han var lige ved at segne af udmattelse. Med den ømmeste stemme forsøgte han endnu nogle gange at kalde hendes bevidsthed tilbage. Da det stadig viste sig forgæves, fortsatte han så rask, han kunne, sit løb og nåede gården, just da forældrene var i færd med at klæde sig af. Han vaklede ind gennem stuen og lagde den nøgne kvinde på Margrethes seng. Efter at han med de færreste ord havde sat sine næsten dødskræmte forældre ind i sagen, tog den erfarne Margrethe sig så fast af den ulykkelige pige, at hun omsider slog sine ængstelige øjne op. Jens var lige ved at takke Gud, men greb sig i det. Under det vilde løb hen under nattens himmel med den nøgne kvinde i sine arme var der vågnet noget i ham, der ligesom fordrede et opgør med de evige magter, i hvis hænder han havde lagt sin skæbne, og som havde gjort den så hård for ham.

I næste øjeblik lå han storhulkende inde ved Anes blødende barm og tryglede vildt om hendes tilgivelse.

14

Forholdet til Ane bragte noget uanet nyt og rensende ind i hans liv. Alle de virrende sumpesyner, der havde fyldt hans hjerne med giftige dunster, forsvandt, som mosens lygtemænd flyr for den sejrende dagning.

Ikke således, at der var noget særligt ved Ane; tværtimod var der kun det nødvendigste forråd af tanker bag hendes dejlige pande. Hendes fortjeneste lå netop i, at hun var så inderlig jordisk i alle ting; hendes små fødder bevægede sig så taktfast og sikkert på den jord, der så tit var lige ved at svinde bort under Jens' sko. Hun havde kun et ønske: at elske, kun en længsel: at genelskes. Hun var kvinden i sin mindst sammensatte form, det glade, ligevægtige natur-barn, for hvem livet var den simpleste sag af verden. Aldrig havde Ane brudt sin hjerne med dybsindige gisninger om synd og fortabelse her eller hisset. Når solen blot skinnede i dag, hvorfor så græde for den dag i morgen! Denne barnlige ligefremhed overfor livet og dette klæde-lige enfold i sind og tanker betog Jens til en begyndelse og bragte ham til at overse egenskaber i hendes natur, der senere forplumrede den første betagelse.

En tid efter hin uhyggelige tildragelse havde hun været meget dårlig, og lægen havde været såre betænkelig, men Anes blodrige sundhed havde overvundet enhver læge-tvivl, og nu var der efter det satans skud kun tilbage de allerkæreste små røde ar, som Ane - om end med nogen rødmen - foreviste alle, både kvinder og mænd, der kom og spurgte til hendes befindende.

Så længe hendes sygeleje stod på, var hvert sekund, som Jens kunne vinde fra sit arbejde, viet hende; og når de tykke og tunge plovøg om aftenen var sat på stald og hav-de fået deres gævt, kom Jens, mens hans mor malkede køerne, renvasket og søndagsklædt ind og satte sig ved

hendes seng; her tog han hendes buttede, lille hånd eller
strøg hen over hendes gule hår, mens hun legede med den
forniklede hestesko i hans urkæde eller drog hans store
arbejdsnæve ind under lagnet til sin barm. Imens var der
fred omkring dem, så man kunne høre ormene gnave på
de sorte skindbøger i bænkkrogen.

Og Jens lod dem gnave.

Det var en besynderlig forandring, der var foregået i
hans indre liv siden hin ulykkesaften. Det var næsten, som
om dette skud havde gjort den onde betænkelig ved at
nærme sig en person, der øjensynlig ikke var at spøge
med. Thi alle hans tumpede syner var med et forsvundne.
Det var Jens' lykke, at han var kommet til at glemme sit
eget lille selv, mens et andet kært væsen var trådt i for-
grunden. Hvor skælvede ikke hans hjerte, når han strøg
hen over Anes hår, mens hendes blide øjne så op på ham i
dugget taknemlighed! Hvor var det ikke vemodigt og
forfærdeligt at tænke på, at han i fromt vanvid havde væ-
ret lige ved at dræbe dette elskede væsen med de blå,
slørede øjne! Hver gang den tanke faldt ham ind, bøjede
han sig ned over hendes ansigt, kyssede og kyssede, mens
hans tårer satte grå prikker rundt om på det hvide pudebe-
træk.

Men snart var Ane atter i skoene, og på ny lyste hendes
hvide forklæde langs Engkjærs veje og over alle dets
grønne enge.

En dag i forsommeren et års tid efter var der helligforsamling hos Mads Søndergaards. Slige kristelige sammenkomster var ret hyppige der på egnen, især var mødernes antal steget i en foruroligende grad, siden missionær Sparkjær havde fået sig denne kreds anvist. - Missionæren havde lige afsluttet en bevæget tale, da en lille pige kom piltrende ind ad gårdsleddet på bare fødder; uden at agte de spidstoppede sten ilede hun hen imod indgangen, rev med et klinkedøren op på vid gab og råbte ind i forsamlingen: "Nu kommer æ Dons!"

Denne korte melding gjorde en virkning blandt de forsamlede, som når en ilder meldes i en hønsegård. Kvinderne sprang op fra sæderne med et hvin, men lod sig på ny dumpe ned med slappe knæ og rådvilde blikke; mændene, der sad i en række på bænken langs vinduerne, drejede sig en halv gang omkring og så spejdende ud af de små ruder mod det åbne gårdsled. Kort efter hørtes en humpende lyd fra det stenpikkede gårdsrum: ét dumpt og fyldigt mennesketråd efterfulgt af et lettere og skarpere som af én støvle og ét træben.

I næste nu mørknedes døråbningen af en sær skikkelse, der med fremstrakt hoved kantede sig ind ad den lave dørkarm. Han var næsten 3 alen høj og vel omkring de 60. Hans skuldre var brede, men ansigtet langt og magert, panden, som han straks befriede for en grævlingeskindhue, var usædvanlig høj og bred, øjnene lå på lur dybt inde i hovedet, så det ikke var muligt at skelne deres farve, der for øvrigt sagdes at skifte i det uendelige. Munden, der var omgivet af en tæt krans af grå skægstubbe, var bred og smallæbet, og det så ud, som om han altid gik med en spydighed i højre mundvig, da den var dybere nedskåret end venstre. Næsen var puklet og havde en håret vorte på højre side, også næseborene var fyldte med lange, stride hår. Højre ben var af træ, og så man nøjere til, opdagede man, at det endte i en sortlakeret hestehov, og havde man først grebet dette lighedspunkt med en vis uhyggelig fremtoning, der spiller så stor en rolle i bondens fantasi, opdagede man efterhånden let i hans person en hel række træk, der ledte tanken hen på de forestillinger, man nu engang gør sig om dette afskum.

Dons gik et par alen ind under stuens bjælkeloft, slog ud med hånden og fremførte med salvelse: "Og det skete en dag, da Guds børn kom at fremstille sig for Herren, da kom også Satan midt iblandt dem. Nuvel, skønt jeg ikke er medlem af denne lovsyngende forsamling, så nærer jeg dog det håb, at man vil finde sig i min nærværelse, så meget mere som jeg ikke tror, I er mandstærke nok til at smide mig ud."

Og under en ildevarslende rømmen fra de forsamlede fortsatte han: "Jeg har nemlig fået lyst til at se jeres bedemølle i virksomhed. Jeg skal, om man ønsker det, sætte mig i en krog, hvor ingen i troen vaklende skal snuble over mit træben."

Missionær Sparkjær, en flommet og flæskkindet bondeskikkelse, trådte med dirrende læber hen foran Donsen og spurgte, mens han søgte at dolke ham med sine grå øjne: "Kommer du hid med Gud?"

Donsens træk strålede ved dette møde, og idet han rettede sin magre skikkelse, til hans grå hoved stod mod loftets fjæl, svarede han: "Nej, du Herrens fedekalv, jeg kom her til gården ganske alene, som det er min sædvane at færdes uden højere ledsagelse.

Mit komme er for øvrigt ikke så ubegribeligt, som I tror. Jeg er blevet anmodet om at deltage i dette møde af Mads Søndergaards søn, som jeg traf i lyngheden, hvor han gravede hedetørv, mens jeg søgte efter ræveunger. Er det løgn, jeg siger, Jens?"

Jens, der havde taget plads i en fjern krog af stuen, stod nu op og rakte Donsen hånden, idet han sagde: "Nej, det er rigtigt nok, a har bedt Donsen om at komme her i dag, og a takker ham for, at han har gjort det."

En lydelig knurren gik bordet rundt. Men Mads Søndergaard skyndte sig at sige: "Har min søn bedt dig hjem, da skal du være velkommen med de andre. Værs'god og find dig en plads!"

Donsen takkede og kastede sig ned på en rødmalet træstol. Efter at hans nærværelse således havde fået officiel godkendelse, lod han et forskende blik glide hen over de forsamlede, og han så da en flok mennesker, hvis indvendige pjaltethed var ham bekendt fra mange års omgang og iagttagelse. Alle de rynkede kysekællinger, der ellers til daglig løb sognet rundt med sladder, og stoddere, som han på markederne havde set udfolde meget iver for at snyde syge kreaturer i deres syndige næste og medkristne, sad her til doms over verden og de "vanhellige". Spottelysten tindrede i Donsens små snogeøjne ved synet af så meget ophobet dumhed.

Han strakte sin hestehov fra sig og begyndte: "Ak ja, hvor var det træffende, da Kristus sagde, at det, der var blevet skjult for de forstandige, var blevet åbenbaret de enfoldige. Dersom enfoldigheden endnu som i hine fjerne tider gælder som adgangstegn til de evige boliger, da er der meget salighedsemne i denne forsamling.

Ærlig talt er jeg ikke så lidt overrasket; jeg vidste ikke, at denne formørkede egn besad så meget fromhed, vidste endnu mindre, at fromheden havde dette udseende; thi for mine stakkels vantro øjne ser den jo ud som den skinbarlige kæltringagtighed. I retning af at finde syndere til salighed må jeg virkelig yde dig min agtelse, missionær Sparkjær."

Denne var ildrød i hovedet, han trådte et langt skridt frem mod Donsen og sagde med løftet hånd: "Spot du kun, du djævlens udvalgte, men engang skal Gud nedstyrte dig og alle spottere, som han nedstyrtede Korah, Dathan og Abiram, der de med hele deres hus for levende ned i helvede."

"Nuvel, "løven har brølet, hvo skal ikke frygte!" svarede den uforstyrrelige Dons. "Du har gjort fremskridt i bibelkundskab, Sparkjær, siden dine konfirmationsdage, da du blev vist ned af præsten, fordi du ikke kunne Luthers lille katekismus.

Du vil altså ikke tillade, at jeg fattige mand kommer i himmerige? - Det ville vist heller ikke være godt, om vi to nogen sinde kom i bås sammen hverken her eller hisset. Og jeg indrømmer dig, at du har adskillige flere salighedsbetingelser end jeg. Du er udvendig from og indvendig glasseret med skriftsteder og salmevers; du har talrige aktier til 7 pct. i det nye missionshus og gælder derfor, som rimeligt er, for menneskehedens velgører; du snyder aldrig dine medkristne værre end at de tror, du for deres skyld har lagt ud af din egen pung, og du efterlever Pauli ord om helst at leve i ugift stand ved at kysse og kramme alle de kvinder, gifte som ugifte, du kan overkomme. Desuden vejer du 13 lispund, hvad der yderligere vil virke i dit favør, thi der står skrevet: "Alt fedt hører Herren til."

Sparkjær så ud, som om hans store bug skulle briste af vrede. Hans højre hånd knugede omkring salmebogen, som tænkte han på at drive den lige i synet på Donsen, og hans grå, udbuede øjne flød ud som et par spejlæg på en stærkt ophedet pande.

"Du lyver, du øgle og onde skalk! Din tunge drypper med edder som basiliskens!" udtordnede han mod Donsen. "Hvor har jeg forfordelt min næste i nogen ting; hvornår er mine tanker og begær gået til min næstes hustru?"

"Henvend dig f.eks. til An' Just der på skamlen; hun sidder sikkert inde med et og andet aktstykke til sagens videre opklaring. Å, gør det, Sparkjær, så frier du mig fra den kedelige ting at gå i enkeltheder."

An' Just blev rød som en teglsten, thi det var et udbredt rygte, at hun kunne glæde sig ved den galante missionærs allerømmeste bevågenhed.

For nederste bordende sad der en stridskægget gnom med et stygt hareskår i overlæben, en stumppibe mellem tænderne og nogle mægtige høreorganer, der gav anledning til at formode, at Vorherre havde løftet ham op ved ørerne, da han skabte ham. Han blandede sig nu i samtalen og sagde henvendt til Donsen: "Det lader til, at du er kommet her i vor forsamlings midte udelukkende for at stifte kiv og klammer. En ugudelig slambert og en ræddelig ærrepik (drillepind) har du jo været, så længe nogen har kendt dig. At du skulle være den rette til at rive andre i næsen, at de fører et liderligt levned, kan jeg ikke tro. For det er jo bekendt nok, at du lever som den værste skjevl (skurk) og troldkarl og lader dig udelukkende lede og regere af den slemme og søger hverken kirken eller Herrens bord. Og derfor rammer Vorherre dig nok på den ene eller den anden måde."

"Det er sandt, hvad Jens Hjarbæk siger," råbte man i kor, mens alle ansigter drejedes truende mod Donsen.

"Hå, hå, bitte Jens," begyndte Donsen, "vær ikke så kry på det. Thi med den tobak, du der ryger, kan du næppe være nogen sød lugt for Herren. Og hellere end at sidde her skulle du blive hjemme og passe din gård, hvor din ager råber imod dig, og alle dens furer græder, fordi du går rundt og lovsynger Herren, mens Fanden sår klinte i din rugmark."

Et par af de tilstedeværende kunne ikke dy sig for i smug at trække på smilebåndet ad Donsens sidste bemærkning, da Jens Hjarbæks agerdyrkning var noget af det mest hårrejsende, der var set der på egnen, hvorimod hans evne som forsanger var særlig skattet her i forsamlingen.

"Ja, det er, migi, ingen sag at opdage fejl ved andre for den, der ikke selv har noget at passe," bemærkede et hvergarnsklædt fruentimmer, der gik under det folkelige navn Marian' Spjat, og hvis rynkede mund udviste en række tandstumper, der stod spredte som tænder i en rive.

"Sandt nok, gamle rimpesærk! Dig har Vorherre ganske ubetænkt betroet en gris, der står hjemme og forbander sin tilværelse, mens dens madmor, der skulle give den lidt i truget, sidder her og tørrer næse på sit trøjeærme for at antyde, at hun gør sin pligt som medflæber over verdens-jammeren. Så sandt som et oprigtigt grisehyl når højere til vejrs end din gamle mimremunds hykleriske lovsangstril-ler, så vil du bittert komme til at angre, at du har forsømt det eneste hverv, som din Gud og skaber har givet dig, nemlig at røgte din gris samvittighedsfuldt.

Dette siger jeg ikke af kristenkærlighed - thi jeg gad vide, hvilke krav madam Spjat har på min kærlighed! - Jeg siger det kun af medfølelse med et ulykkeligt dyr, der skreg som var det besat af syv djævle, da jeg for et øjeblik siden passerede forbi huset."

"Ja, det er ikke at undres over, at du holder mere af dyr end af menneskenes børn, da du selv går på hestehov og lever et liv som et umælende bæst i kristendomssager," svarede Mariane.

"Ak, du er dejlig, du min tærskede!" svarede Dons. Dette profetiske udbrud havde hentydning til Marianes evige slagsmål med manden, hvem hendes overvættes fromhed samt hendes deraf flydende huslige forsømmelser var en kilde til evigt gnav. Dons fortsatte: "Ja, se, du er dejlig, Mariane, dine øjne er fiskedamme i Hesbon ved Bath-Rabbims Port, din næse er som Libanons Tårn, der skuer ud mod Damaskus, og missionær Sparkjær er dig som en myrrakugle, der forbliver natten over mellem dine bry-ster."

Her trådte Sparkjær på ny hen foran Donsen og spurgte med tilkæmpet ro og med noget i sit harmrøde åsyn, der skulle opfattes som kristen sagtmodighed: "Må jeg spørge dig, Dons, er du indkommet i dette vort hus for at fornærme alle de i forsamlingen tilstedeværende?"

"Jeg indrømmer dig, min nådige hr. fedtegreve, at det var et af mine formål. Men jeg havde for øvrigt også et andet ærinde, som jeg nu skal fremføre, i fald den højædle forsamling ikke forulemper mig med alt for mange afbrydelser."

"Lad os da høre ham i ro, kære venner, videndes, at det bør sig Herrens kære ikke at vredes, men møde spot med ydmyghed og hån med sagtmodighed."

"En klog og forsynlig taktik, missionær Sparkjær, i tider som vore, hvor kritikken er årvågen og fromheden noget plettet. For øvrigt har jeg givet møde for at udmelde Jens Søndergaard af jeres kristelige børnehave, da han har bedt mig om at være sig behjælpelig i så henseende."

Alles øjne vendte sig endnu engang mod Jens, og der hørtes talrige udråb af forbavselse. Denne unge mand, der tidligere havde været den ivrigste i ordets annammelse og den nidkæreste i troen, forsamlingens stolthed og Sparkjærs øjesten, - det var utroligt, at han tænkte på at gå over til arvefjenden, dette Beliels barn, Donsen, hvis blotte navn var en forfærdelse i de frommes lejr.

"Hvad siger du," råbte Sparkjær, "ønsker Jens at forlade de helliges samfund?"

"Han ønsker at forlade jeres samfund, ja."

"Jamen, Jens," begyndte missionæren indtrængende, "hvorfor taler du ikke! Er det sandt, hvad denne ugudelige siger; har du til hensigt at forlade Kristi egen hjord, den han har sammensanket omkring på bjergene, hvor den var udsat for at styrte i verdens afgrunde og opsluges af djævlens frygtelige gab? Vil du gøre din far og mor ulykkelige og atter vandre ind under Herrens straffende vrede!"

"Stands, du pustende blæsebælg!" råbte Dons, "og brug din vind lidt viseligere. For nu er det mig, der fører ordet. Jens har lagt sin sag i min hånd og anmodet mig om at sige jer, at han ikke længere tør dvæle i Eders forgårde og endnu mindre i Eders allerhelligste, da han tror at have opdaget, at det for ham er forgårde til dårekisten."

"Er da ikke troen mere end forstanden!" indskød missionæren.

"Hos dig, Sparkjær, er forskellen overvældende. Og du, der er så heldig indrettet fra din skabers hånd, at du ikke har nødig at tage noget hensyn til sidstnævnte, kan selvfølgelig dårligt begribe, at andre tager slige hensyn. Men for Jens' vedkommende må du se at gøre dig fortrolig med tanken, thi det siger jeg dig, Sparkjær, du skal herefterdags lade Jens gå fri for dine skinhellige efterstræbelser. Du har haft en nederdrægtig magt over ham; du har benyttet dig af din overlegenhed i bibelkundskab til at hidse hans fantasi op til en glødningsgrad, i hvilken han tog en idiotanstalt for det ny Jerusalem, du har ikke forsømt noget middel til at gøre ham til en hørig og lydig undergiven i dit lille enevoldsrige; du har kusket hans hjerne og forkludret hans følelsesliv; du har opsøgt ham i marken, på loen - og alle vegne foresunget ham et og det samme: evig kærlighed til galmandssnak og dumt had til den sunde fornuft. Men det siger jeg dig, Sparkjær, nu skal du lade det have en ende! Endnu er han ikke uoprettelig ødelagt; hans natur har været så stærk, at han endnu kan rejses, hvis han får lov at hive alt det over bord, som du har prakket ham på. Tag dig da i agt, Sparkjær, at du ikke vover nye snigløb på ham. Thi sker det, skal du komme til at fortryde det. Du er i min hånd. Jeg kender dine veje langtfra. Jeg har set dig lige ind i talgen, ja lige ind i dit gejle, boblende fedt.

Du tror, du er så snild, at ingen kan opdage dine kunster. Du tror end ikke, at din egen Gud ved besked med dine handlinger. Men du er dum, Sparkjær. Du antager, at når man blot tager rævekløer på, så er alt gjort; du glemmer, at der også udfordres rævekløgt, om man vil dølge handlinger som dine.

Som sagt, kære Sparkjær, skulle du engang komme i det for en samvittighedsfuld indremissionær beklagelsesværdige tilfælde at glemme dit eget synderegister, da ved du nu en mand, som holder hovedbog med dine bedrivelser; en udskrift af protokollen skal til enhver tid stå til din rådighed. Alle dine talrige småsnyderier, alle dine mere eller mindre slibrige pengehandler, alle dine natlige omvendelsesforsøg på ømme, små medsøstre, som du alt sammen troede dulgt i den evige nat, det står antegnet herinde" - han pegede på sin pande. "Dog, jeg ser du tror mig, hvorfor da gå videre i et emne, hvis nøjere behandling ikke kan undlade at gøre et vist pinligt indtryk på dig. Thi jeg er egentlig ikke noget ondt menneske, Sparkjær, hvor mange skrappe skriftsteder du end behager at udslynge imod mig. Jeg er først og fremmest en hader af skandaler. Du kan altså være tryg for, at hele din slyngelagtighed bliver mellem os, såfremt du lader denne unge mand i fred. Du kan derfor dristigt fortsætte din frelsegerning og dit velsignelsesrige omvendelsesværk, og du finder sagtens også midler til at læge det par skrammer, som jeg i dag har tilføjet dig, - så meget mere som den slags fedt, du er i besiddelse af, plejer at være let at læge.

Hermed har jeg den ære at anbefale mig! Jeg beklager, at min nærværelse muligvis for et øjeblik har kastet en skygge over vejen til igenløsningen. Jeg håber dog, at enhver i stuen på ny skal få øje på det rette spor, når jeg har løftet mit træben over dette dørtrin. Og dermed Gud befalet!

Går du med lidt på vej, Jens?"

Jens sprang op, tog sin hue og fulgte efter Donsen ud ad døren. Talrige vrede blikke brændte ham i ryggen, da han gik.

Et øjeblik efter var den sidste lyd af Donsens træben hendøet mellem de kalkede huslænger.

16

På et afgørende punkt af sit liv havde Jens truffet dette besynderlige menneske, hvem kun få havde rigtig rede på og endnu færre omgikkes. For mange år tilbage - fortaltes det - var han kommet der til egnen med et lille læs flyttegods, ganske alene, og havde slået sig ned i et hus ude på en hede ved en større sø. Fra denne søs rige fiske- og fugleliv drog han sin føde. Han havde et til det mindste grænsende kendskab til naturlivet. I så henseende sammenlignede han sig med den vise Salomon, der vidste besked med træerne "fra cederen, som er i Libanon, til isopen, som vokser ud af væggen", og med "dyrene og fuglene og krybende dyr og fiskene". Han havde rede på hver fugls rugetid og rugested. Han kunne sidde timevis hensunket i beskuelse af fiskenes leg under de store åkandeblade eller krebsenes huleboringer oppe i de højbrinkede mosebække. Han omgikkes rævens unger, som andre omgås kattekillinger. Han drog ikke alene fordel af de vilde dyr, men han beskyttede dem endog mod hverandre, således at han først borttog de ondskabsfulde eksemplarer i sine jagtrevirer. I den strenge vintertid, når sneen bredte sin golde dug ud over den vilde hede, købte han neg inde i landsbyen og satte dem ud til fuglene, og fangede fisk, som han slængte ind i rævegravene. En sådan vinterdag udviste hans hytte

det besynderligste skue, idet den dækkedes af store bro-
gede fugleflokke, ænder og klyder, måger og skarver, der
uafladelig skreg, lettede og satte sig igen; forsultne og
forpjuskede stakler, der var kommet ind fra den tilfrosne
sø for at varme fødderne på hans stråtag og opsamle de
krummer, han nu og da udkastede til dem.

Dons færdedes i det frie dag og nat. Det var alle en gåde,
hvornår han sov. Hele den udslagne sommerdag travede
han omkring med bøsse eller fiskestang, og selv i den
sene nattetime så man hyppigt et lys glide hen over søfla-
den; det var Donsens båd med en brændende tjærefakkel i
forstavnen. Når han ud på morgenstunden vendte hjem fra
sine jagt og fisketure, smed han sig - som oftest med tøjet
på - nogle få timer på sin halmseng; men var vejret godt,
lagde han sig på en bunke græs under søbreddens store
skærmende siv, hvor han sov ind med nattens flimrende
stjernelys i sine øjne og vågnede op med solens blussende
glans på sin pande.

Hans omgivelser frygtede ham som den sære ensomme,
han var. De fleste betragtede ham som en djævel, der
havde omgang med onde magter, og som var vel forfaren
i trolddom. Og Dons gjorde intet for at rokke nogen i
denne overbevisning. Det godtede ham øjensynligt at
være frygtet, eller det var ham snarere tindrende ligegyl-
digt, hvad hans omgivelser tænkte om hans person. Han
vidste, at en udsoning med dem kun ville opnås på be-
kostning af hans væsens ejendommeligheder: hans for-
stands uhildethed og hans tænknings ubønhørlige klarhed.

Han gik i kirke, men som andre går til morskab; han
kom aldrig, før præsten var på stolen, og strøg først sin
lodne hue, når han var nået adskillige trin op ad kirkegul-
vet; i modsætning til de andre bønder, der ærbødigt fjer-
nede deres to trin foran indgangsdøren. Når den skingren-
de lyd af Donsens jernbeslagne træben skar gennem højti-
deligheden, vendte alle sig i kirkestolene og så mod vå-

benhuset, mens præstens forvirring bragte ham til at hoste
i sin præken. Han vidste nemlig, hvilken ubønhørlig kriti-
ker han havde i denne høje, magre mand, der sad og lytte-
de efter med nedtrukket mundvig og et spottende glimt i
de små museøjne.

Og så snart prækenen var til ende, gik han atter, rank i
ryggen og uden at hilse på nogen, hjem over sin hede.

Denne mand blev Jens' fortroligste omgangsfælle. Når
sol var nede og arbejdet endt, kunne man ofte se ham
skråne over heden mod Donsens hytte, og sine fleste søn-
dage tilbragte han der.

Der var gået et års tid siden hint møde til Mads Sønder-
gaards.

Jens havde fået bugt med de værste anfægtelser, og den
ubegribelige magt, hvormed missionær Sparkjær havde
bundet ham til sig, var for lang tid siden brudt. Han så nu
på sine tidligere ængstelser, som man ser efter et bortdra-
gende uvejr; endnu er det ikke helt gledet under synskred-
sen, men alt det foruroligende er borte. Han var dog langt-
fra endnu faldet til ro i en ny livsanskuelse; hans hjerne
var stadig i en tåget tilstand som en tyfuspatients, den
første dag han får lov at vakle ud i solskinnet. Men hvil-
ken stille glæde følte han nu ikke i modsætning til sin
tidligere angst! Forhen var det ham, som om der til sta-
dighed var anbragt kroge i hans kød, hvori usynlige hæn-
der trak, nogle mod himlen og andre mod helvede. Nu var
han som dyret, der er sluppet ud af saksen; endnu sved det
i de martrede led, men han var fri og kunne vende sig til
højre og venstre efter behag. Og han vendte sig mere og
mere mod Donsen.

I denne særling havde han fundet den eneste åndsmyndi-
ge natur, det hidtil var forundt ham at træffe. Han forbav-
sedes over hans tankers dristighed og hans funklende
kløgt.

De dybsindigste floskler, hvorpå menneskene lever, skar
han igennem med et fikst snit, som man skærer igennem
et galæble og finder ormen i dets midte.

Til daglig omgav han sig med et hylle af forstillelse, men
engang imellem rev et hånsord en flænge deri, så man så
ind i en tungsindig sjæls triste bod.

Men dette tungsind skrev sig ikke fra bristede forhåb-
ninger eller fra nogen delthed i tanke og væsen.

Som oftest er mængdens tungsind kun uglens længsel
efter sin mørkekrog, muldvarpens angst ved dagens lys og
klarhed – men hans tungsind skrev sig snarere fra be-
vidstheden om, at bedraget var den væsentligste faktor i
menneskets almentrang, og at det ville synke sammen i
fortvivlelse den dag, man ophørte med at føre det bag
lyset.

En midsommersøndag med tindrende sol sad Jens og
Donsen og talte sammen ude på de store lyngbanker, der
til alle sider indkredsede den sø, ved hvilken Donsens
hytte lå. Udsigten var milevid mod alle fire kanter. Langt
ude mod synsranden ragede et par landsbyers tagåse op af
disen som vrag af et vand; et par blinkende hvide kirke-
tårne tegnede sig langt i øst. Når skyggen af en sky nu og
da gled hen over dem, forsvandt de næsten af feltet; i
næste nu, når lyset kom igen, så det ud, som om de strakte
sig og blev flere alen højere. Ind over heden øjnedes hist
og her en skæv hytte med en eneste skorsten, en dusk
husløg på lyngtaget og en lille strime rug foran de lave,
skævtrukne vinduer. Op fra den gennembagede lyng steg
der en fjorgammel lugt af asketørt lav og smuldrende
plantelig, af fugtig muld og lyng i knop, og den store fla-
des mørkebrune ensformighed afbrødes kun af ulvefodens
opstigende gæslinghoveder og den kraftiggrønne revlings
kredsrunde tuer.

De to mænd havde ligget på ryggen, idet kasketterne
dækkede deres ansigter lige til næsetippen. Nu rejste de

sig begge halvt over ende, og efter at Donsen nogle øje-
blikke betaget havde set ud for sig, gjorde han en stor
håndbevægelse ud mod horisonten og sagde: "Se her er
mit paradis! Tror du, jeg byttede det bort for hint bibelske
i østen, hvor englene bragte Adam spisesedlen på en sølv-
tallerken, mens tigre slikkede hans fingre, og løven kna-
sede benene."

"Du er vist en møj lykkelig mand, Dons?"

"Lykkelig!" svarede Dons med et skuldertræk, "du burde
aflægge dette konfirmandudtryk. Jeg nægter ikke, at mit
gamle, rynkede hjerte udvides en dag som denne, når
udsigten er klar, når luften bevæger sværdliljerne på sø-
bredden, så duften skvulper over randen. Mærker du ikke
dens sødme i luften om os?"

"Ærlig talt, Dons, jeg lagde ikke mærke til den før nu, da
du gjorde mig opmærksom på den. Jeg skammer mig
ordentlig; men jeg er jo endnu som barnet, der kun ser,
hvad den voksnes finger peger på. Men her er virkelig
dejligt; man ånder lettere her end nede i de sumpe, hvor
jeg ellers færdes."

"Ja, ikke sandt, øjet bliver stort og tindrende ved at man
stiger til vejrs, panden løftes, ryggen rankes, og man føler
sig ung og spændstig som i en brudeseng.

Vi er født på bjerge," fortsatte Donsen.

"Menneskets vugge gik sandsynligvis i hine bjergkløfter,
som grænser op til verdens højeste fjeldtoppe. Der jog han
den vilde buk med pile af sten og tændte sine bavne og
offerbål til måne og sol midt i den vældige nat.

Siden er menneskeslægten gået ned ad bakke. Brødet
vokser helst ved randen af sumpen og på bunden af den
udsigtsløse dal. Af den letfodede jæger med de nøgne
lægge blev der en agerdyrker i flade træsko og med ind-
advendte tåspidser, en mand, der sidder sit halve liv i
sodhytten og skændes med konen og bides af loppen. Men
endnu har vi længsel mod højden og de store udsigter. Og

rigtig glade og lænkefrie føler vi os først en dag som denne, når vi står højt hævet over tørverøgen og bykævlet med vore hoveder ragende op i vore stammeforældres rige."

"Nu tror jeg, Dons, at jeg forstår, hvorfor du har slået dig ned på denne plet, der forekommer alle andre så øde og skønhedsforladt."

"Nej, min unge ven," svarede Dons sagte, "helt forstår du det endnu ikke. Men du har ret, når du gætter på, at stedets natur har haft nogen del i mit valg. Lige fra min ungdom har jeg været en lidenskabelig elsker af naturen, især af vort lands store, øde strækninger; og dersom jeg formåede noget hos de himmelske magter, da ville jeg ydmygst anmode dem om at bevare disse strækninger fra agrarernes raseri.

Men mine bønner nytter intet. Det er dette lands fremtidsskæbne at skulle æltes op i grovbrød. De gamle kæmpehøje køres ud på mosen, og højfolkets ben bleges i agerfuren og mases under jerntromlen. Dette benævnes kulturfremskridt, jeg kalder det vandalisme."

"Gud ved, Dons, om ikke du ser lidt for æstetisk på den ting; du vil da sikkert ikke benægte, at landet økonomisk set er blevet både rigere og lykkeligere."

-"Atter dette konfirmandudtryk!"

"Nu vel, mere civiliseret, siden disse øde strækninger er taget ind til dyrkning."

"Nej vist så," svarede Donsen hvast, "ligesom enhver fjært nu skal tages i industriens tjeneste, således må selvfølgelig enhver strimmel jord, den være nok så ussel, beplantes med nationale kartofler. Gud bevar's, lad ingen formaste sig til at tale bespotteligt om det kære landbrug. Leve runkelroen og den brogede ko!

Men du vil dog sikkert forstå, at jeg, der føler mig mere i slægt med ræv og hare end med degn og præst, må nære en vis personlig interesse for at bevare disse uberørte egne fri for "kulturens" overgreb. Her er der dog endnu et fristed for alle dem, der er forladt af mennesker og guder - og tro mig, unge mand, der vil altid være nogen, der er forladt af mennesker og guder - men den tid er ikke fjern, da disse ulykkelige næppe kan finde det træ, hvori de kan hænge sig ubegloede.

Her, hvor jeg, den ensomme, nu på mine vandringer kan overraske ræven, mens han sidder i morgenduggen og tørrer sin fiffige næse, her skal det næste slægtled se husmandens rundryggede viv brede sine stinkende barnebleer ud over lyngen.

Misforstå mig ikke! Jeg vil ikke sige noget ondt om de fattige, der tager til takke med den hede, som den mere velstående kræsent har ladet uberørt - Gud nåde os, vi skal alle have brød! - men bør det egentlig kunne bringe os til at stemme vor lyre, at der år for år bliver flere og flere nøjsomme mennesker i landet, der nedsætter sig her på en skabet hedebrink og spiser deres fedtebrød til en slurk mosevand, for at de store frådsere kan blive fritaget for at udskifte deres vanskøttede herregårde?

Dog lad os ikke komme nærmere ind på disse betragtninger, lad os hellere hengive os til de betagende indtryk, som denne skønne sommerdag bærer ind imod os."

Lidt efter sagde han: "Jeg var vist lige ved at blive højtravende. Jeg tror min salighed også, jeg optrådte som advokat for højfolket. Hvor latterligt! Naturligvis har de været nogle store dumrianer som flertallet af den slægt, der lever den dag i dag; det er da kun glædeligt, at de - om end sent - kommer til at gøre lidt nytte ved at gøde marken med deres aske."

Dons var atter faldet tilbage i lyngen; kort efter pegede han i vejret og spurgte: "Ser du storken deroppe?"

Jens fulgte hans finger og så højt over søen, tilsyneladende helt inde under den blå himmelbue, den velkendte fugl, der med stillestående, udstrakte vinger bevægede sig med sindig ro rundt og rundt i samme kreds som et ustandseligt perpetuum mobile.

"Hvad mening er der nu i livet," fortsatte Dons; "at give en sådan hjerneløs skabning vinger, på hvilke den kan svinge sig ind i skyerne, mens jeg må humpe om på mit træben! Hvilke ejendommelige emner til digt og tænkning kunne der ikke hentes ned til denne jord fra disse højder! Har Gud kanske ikke villet have os næsvise væsener til at kigge ind ad sine vinduer?"

"Hør, Dons, jeg har lagt mærke til, at du så ofte bruger ordet Gud, hvorfor gør du det? Du tror jo dog næppe på nogen gud, gør du vel, Dons?"

"Nej, det gør jeg vel ikke; skønt hvem kan så nøje sige, hvad han tror på? Alle kan vi gøre rede for, hvad vi ved, da det omfatter noget begrænset; men hvem ved, hvad han ikke ved? Og Gud er jo kun en omskrivning for alt det, menneskene ikke ved. Så meget tør jeg dog sige, at godtfolks Vorherre ikke er til for mig. Gud er noget, der endnu ikke er indtrådt i min bevidsthed. Og hvem tør vel forlange, at jeg skal beskæftige mig med et væsen, der endnu ikke har gjort sig den ulejlighed at bevise mig, at det er til."

"Ja, men har det ikke bevist det, Dons? Søen, der ligger dernede og blinker i solskinnet. Bakkerne heromkring, og solen, solen deroppe - hvem har skabt det altsammen?"

"Ja, ved du det, så sig det!"

Jens, der lagde mærke til bitterheden i Donsens sidste bemærkning, sagde stille: "Jeg ville gerne følge dig Dons, men jeg skælver som en syg, der går til en operation."

"Jeg ønsker ingen ledsagelse," svarede Dons. "Jeg håber heller ikke, at jeg har brugt nogen overtalelse; thi jeg ved, hvilken dumhed det er. Du er formodentlig for ung endnu til at finde hvile i min barske livsfilosofi. Der er folk, der endnu ikke har lært at svømme, som dog kan holde sig flydende ved hjælp af et knippe luftfyldte blærer; jeg ville nødig være den, der prikkede hul på disse blærer, med mindre jeg kunne tilkaste staklen en redningsline. Flyd du bare videre, min gut, gid du må lande på den blomsterstrøede kyst, han synger om, salmisten, men som jeg ikke gør mig noget håb om at nå."

"Hvor du er bitter, Dons."

"Ja, man bliver bitter af altid at se tåbeligheden blive foretrukket for kløgten og vrøvlet for klarheden. Eller sig mig, har det aldrig undret dig, at de samme mennesker, der ikke havde den ringeste forståelse af den simpleste naturlov, altid talte med en forbløffende sikkerhed om "Guds tilværelse" og "tingenes ophav?" Sæt at der var en Gud; tror du ikke, han ville føle sig lidet smigret ved al den hjerneløse anerkendelse, der ydes ham af disse millioner vidløse skabninger. Det ville jo være, som om padderne gik frem af deres sumpe og ydede os deres hyldest gennem døvende lovsange.

Men Gud skal jo være så fornuftig, hvorimod de fleste mennesker er nogle tåber. Det er da at formode, at han har andet at bestille end at beskæftige sig med de narre.

Gid også menneskene fik andet at bestille end at spekulere over det, der ingen bund er i. Thi hvilke herlige kræfter går der ikke til spilde under disse evige abespring mod månen!

Himlen, hvad vedkommer den os? Se engang derop! Ser du noget? Æter ser du. Og så nogen mors sjæl nogensinde andet end denne vigende, blå, uigennemskuelige dejlighed? Men af dette vigende blå dannede alle tider og folkeslag deres guder, skiftende som de drivende skyer, og som skyer er de også vejret hen. Eller hvad mener du, der er blevet af verdens guder? De samme, der engang var hele folkeslags rædsel, står de nu ikke hist i den ægyptiske ørken, nøgne og mørke, skulende og forladte midt i det rindende sand, med evig tavshed, evig død rugende på deres granitisser? Således smuldrer Assyriens, Babyloniens, Mexicos guder på deres sokler, ja, selv Roms og Grækenlands glade gudebørn ligger omvæltede, lemlæstede, næseløse med de skønne marmorlemmer strakt i gruset, knuste under deres egne templers styrtende kvadersten. - Og vore egne hjemlige guder - lad dem se sig i spejl! "Helvedes porte" fik kanske ikke bugt med dem, thi helvede hører selv til de ting, der vakler, - men videnskabens dundrende triumfvogn ruller allerede mod deres altre. Intet modstår dens stampende flammeheste!"

Dons havde rejst sig og fægtede beåndet med armene i luften. Jens havde ligget på den ene albue og opmærksom fulgt hans enetale. Nu plukkede han forlegent et par af revlingens sorte bær og sagde: "Du taler så overbevisende, Dons, jeg kender ingen som dig; og hvad skulle jeg, den unge og uvidende vel have at anføre mod dine ord? Men du ved, hvorledes min opdragelse gik for sig, hvordan hver fremspirende tvivl blev rykket op som et ukrudt, hvorledes jeg ved overtalelser, trusler og prygl blev indøvet i at tro på alle de idealer, hvis altre du omstyrter. Og skal jeg være oprigtig, synes jeg endnu, at der er noget smukt ved mine fædres forsynstro."

"Å ja," sagde Dons, "også det giftige galdebær er smukt, men er det derfor sundt? Hvem nægter, at der kan være skønhed i digt og fabler; men når livet stirrer på dig med sit onde, kolde slangeblik, hvad hjælper dig da de skønne fabler? Du skal dog altid kæmpe din kamp alene. Eller ved du nogen, som har kunnet smigre sig ved højere assistance? Har du kanske nogensinde set ulykken bøje forbi den frommes hushjørne? Har du tværtimod ikke altid set den gå sin egen vilde vej til de yderste grænser af sin energi med en naturlovs ubønhørlige og uafbedelige konsekvens? Det ville vel også være for meget forlangt, at naturen skulle stå på hovedet og gøre taskenspillerkunster, for at den bagatel, som kaldes mennesket, skulle lide mindre smerte. Det var jo som at forlange, at et frembrusende jernbanetog skulle vige af vejen for en sommerfugl.

Hvorfor da ikke se livet mandigt i øjnene og hævde: Der sker ikke andre mirakler end dem, du selv lader ske!

I praksis lever da også de fleste mennesker på denne sætning; ellers ville de simpelthen gå til grunde. Se f.eks. på bønderne heromkring. De tror måske på et forsyn; men i deres daglige liv tror de kun på sig selv, eller overlader de kanske endog den elendigste skabning udelukkende til den almægtiges omsorg? Tværtimod; hver pattegris får sin omhyggelige røgt og pleje, hver kartoffel lægges i jorden med sin møgklump over sig, og den mand ville betragtes for gal, der handlede anderledes.

Det anses da for tilrådeligt ikke at bede Gud om andet, end hvad du selv kan - så er du i hvert fald nærmest ved at blive bønhørt."

Samtalen fortsattes endnu nogen tid, og solen nærmede sig stærkt den vestlige horisont, da Dons udbrød:"Ved du, at det i aften er st. hansaften?"

Jens havde ikke tænkt derpå.

"Da plejer jeg at kunne tælle indtil 50 blus og bavne fra denne bakketinde," tilføjede Dons.

"Lad os nu gå hjem og tage en bid mad. Siden går vi herud og ser på blussene. Vi får desuden snart torden, det værker i mit træben."

De to mænd satte sig i bevægelse henimod Donses hytte, en kegledannet wigwam, på hvilken både mur og tag skjultes i et hav af vækster og slyngplanter. Et vidtforgrenet pæretræ dækkede den østre gavl, mens humleplanten som en midgårdsorm slyngede sig i vilde bugter om hustaget, ja endogså hyllede skorstenen ind i sit grønne bladskjul. Røde, hvide og spættede blomsterkalke tittede op alle vegne og kiggede nysgerrigt frem over tagskægget; stokrosen spejlede sine kraftige yndigheder i de grønlige vinduesruder, mens masser af bulmeurter, fingerbøl og flammende valmuer galoperede i en bred bort langs husets sokkel. Et særsyn der på egnen var en af Dons selv anlagt lynafleder, der over husets midterparti stak sin irrede kobberlanse op mod skyerne som for at udfordre de himmelske magter. Til venstre for huset jumpede en hob hvide kaniner omkring blandt flokke af ænder og kalkuner, og i en rummelig kålhave skimtedes en række hvidmalede bistader. Foran indgangsdøren stod der en tam stork på et ben og sov med næbbet hvilende på den sammenfoldede hals.

"Goddag, Petermand!" sagde Dons og tog ham kammeratlig om næbbet. Storken vågnede og kastede et brøsigt blik på Jens, men sov straks videre.

"Det er en gammel invalid," forklarede Dons, "som for længere tid siden har aflagt sine flyvenykker og sin årlige baderejse til Nilen, og som nu spiser nådsens frøer på 6. år her i mit pensionat. Ved at kigge indenfor i min wigwam vil du kunne få en omtrentlig forestilling om de idylliske tilstande udi Noahs Ark; kun har jeg af æstetiske hensyn set mig nødsaget til at lade de alt for urene bæster blive udenfor."

Donsens grænser for rent og urent på dyrelivets område lod dog til at være lidt flydende at dømme efter den stramme lugt, der steg op i Jens' næse allerede på husets tærskel.

Så snart Jens viste sig i døråbningen til stuen, så han et mylder af større og mindre væsner pile af sted i frygtelig fart og forsvinde, hver i sin mørkekrog. En skade tog rædselslagen vejen ud ad et åbent vindue; en gammel, grånet hankrage, der sad og halvslumrede i elegisk drøm på sengestolpen, skvattede op med et trangbrystet skrig og så sløvt mod døren, mens henimod en snes grønne vilddyrøjne tittede skræmte op på den fremmede fra rummet under den blåmalede omhængsseng. En ræv sprang lynsnar op fra kakkelovnskrogen og løb hen og lugtede hundsk til Jens' benklæder; men da den tilsyneladende intet mistænkeligt fandt ved hans person, luskede den igen tilbage til sit leje.

Så snart Dons var trådt ind i stuen, fik piben dog straks en anden lyd; han udstødte et par fløjtetoner, og i samme nu myldrede en broget hob af vævre vilddyr frem af deres smuthuller, boltrede sig om Donsens ben, peb og snoede sig rundt på gulvet i maleriske grupper for at slikke hans hånd eller opnå et klap på pelsen. Dons stak hånden ud og lod dem springe over sin arm, men på et eneste vink af hans opløftede pegefinger forsvandt de atter i deres afkroge.

"Det er mine små venner, der elsker mig med uhyklet oprigtighed. De har den fordel fremfor venner i almindelighed, at de ikke skaffer mig søvnløse nætter og ikke øver noget snigmord på min medborgerlige agtelse. En fattig mand har kun råd til venner af den slags."

Dons begyndte nu at sætte mad frem; fra sære gemmer oppe under bjælkerne eller inde i de bræddeklædte vægge, hentede han brød og knive, smør og tørret fisk, til sidst en snes frisklagte mågeæg, der var hentet hjem samme formiddag fra en af de små søholme.

"Ja, noget overdådigt måltid kan jeg ikke byde på. Som man siger for et gammelt mundheld: Vi er fattige folk, der koger vore kartofler i vand - men lang nu kun til! En lille kukmand, som jeg har lagt til rugning for tilfældet, håber jeg også at få fat på." Med disse ord halede han en støvet mjøddunk frem fra en spindelvævskrog bag sengeomhænget.

Solen var gået ned, mørket sank som et tykt gardin ned for de lave vinduer, mere brat end mørket plejede at komme på denne årstid. Det var øjensynligt, at der forberedtes et uvejr.

Så snart de havde spist, gik de atter ud af huset. Tykke, dvaske skymasser hobede sig op i sydøst, og en sammenkædet kolonne af truende "tordenhoder" mavede sig frem i horisontens vestrand.

"Denne nats lystige spillemænd får sgu spyt i klarinetten, hvis de ikke har sikret sig andel i en paraply," sagde Dons."Om en time har vi tordenen."

De gik atter ud over bakkerne. En hel række st. hansblus, der stod endnu tydeligere mod horisontens mørke skyvægge, flammede lystigt op rundt om som ligeså mange vagtblus; for hvert et, der sluktes, tændtes der stadig nye.

"Ho, ho! det kan jeg lide. Endnu har da altså missionens sværtede brandkonstabler ikke kunnet udslukke al naturlig lystighed i dette præsteredne land!

Det er ikke med ringe spænding, jeg hver st. hansnat tæller mine blus; de er mig et synligt tegn på den modstandskraft, hvormed denne egns befolkning holder sig det missionske hundekoppel fra halsen. Du har jo selv noget begreb om arten af dens arbejde?"

"Jo tak," svarede Jens.

"Hvor jeg hader dem, disse fedede hyklere med det i folder lagte bedemandsfjæs -, som nu denne Sparkjær - der aldrig åbner munden uden for at forbande. Hvilken udåd har de ikke øvet i dette land ved at fylde det med helligt savl og ligkistestank. De spytter på fingrene for at pudse åndens lys, og efter at de i deres klodsethed har slukket det, forsøger de at tænde det på ny med en brand fra helvede. Har jeg ikke ret til at afsky dem? Er du kanske den eneste, som de har været på nippet til at føre i dårekisten?

Disse fromme ræbere, der sætter sig brede og velfodrede for bondens bordende, forgifter hans hustru og dræber smilet på hans datters læber, - der burde ryges efter dem med lavendler og enebærris som efter katten, der har gjort under bænken!

Med alt dette i minde føler man trang til at løfte sin hue og råbe et hurra for alle de unge hænder, der bar brænde til disse jublende bål. Se, hvor de lyser! Det er en hel illumination af landet.

Besynderligt for resten: Engang blev også disse bål tændt i dybeste alvor og i en megen dyster anledning, nemlig for at bortskræmme heksene. Sådan går det alle folkeskræmsler; lidt efter lidt vandrer de over i komedien. Engang vil også djævlen forvandles til en farcefigur, om hvilken man danser, og bønderpigerne vil da uden sky knibe ham i hans skurvede hale."

Lidt efter lagde han til: "Der er kun én helsebod for alt dette: Latter! Latter siger jeg! Ikke grinet; thi det er træthedens kendemærke; men intet i verden er så frelsende som latter. Den velmenende alvor har tit stanget sin pande blodig mod fordummelsens grundmurede borg og fæste; men hvornår kom latteren til kort? Dersom nogen fortjener salighed, da er det de vittige, og dersom nogen salighed overhovedet var til at udholde, måtte det vel være den, hvor viddet og latteren lyste gennem Guds mange boliger.

Det er gennem latteren, vi skal skille os af med alle de uhyggens nattemarer, der plager vort folk, mens det drømmer. Satan, missionen og alle dens engle skal engang under et stormsus af latter udjages af verden, furiepisket og rædselsslagen lig en køter, der under drenges hylen styrter ud af landsbyen med en gryde bundet i halen."

Nu begyndte uvejret at lade høre fra sig. Et varskoende lyn rev sig løs omme i syd og forsvandt i vestens skyer. Et svagt bulder som af en tungtlæsset vogn på en fjern landevej fulgte nølende efter. Rummet var fyldt med forventningsfuld tavshed. Naturen lyttede med tilbagetrængt ånde. Man måtte kunne have hørt musen pusle sine små under de brune lyngrødder, så stille var det. Kun studene brølede ængstet nede i mosen, hvor de med frygten brændende i de opspilede øjne måtte afvente nattens fremrykkende uvejr, bundne til tøjrepælen.

Jens og Dons havde atter nærmet sig huset, mens skyerne som umådelige sække fyldte med lyn og torden steg med stedse stærkere hast op over himlen, idet snart den ene, snart den anden havde hovedet forrest som heste under et væddeløb. Det volmede langs sydranden; på den blå baggrund sprang skyerne frem som uhyre, sorte blomster, den ene avlende den anden under lynets parring. Rummet var fyldt af brand og bulder; luften lugtede svedent.

De to mænd stillede sig i hyttens dør. Dons stirrede naturgrebet udover den sorte søflade, i hvilken de vildt vredne lyn spejlede sig. Snart jog de som et bredt lys hen under himlen, snart stod de som flammende lysstængler mellem sky og jord. Regnen begyndte at falde under øredøvende larm fra de store planteblade på taget og langs muren. Tordenen blev hæs og skrattende, og lynene flød ud i regnen med et skærende, blåt lys, i hvilket det styrtende vands lange tråde lyste med en sløret glans som dugsprængt edderkoppespind i måneskin.

Dons var ilet ind for at tænde sin pibe og samtidig hente sin bøsse. Med denne i armen havde han atter lænet sig op mod forstuedørens karm.

"Det hænder ikke så sjældent," sagde han, "at ænderne letter i dette vejr og flyver fra søen ind til dammene på heden. Måske kunne jeg klippe en af dem ned, mens vi afventer uvejrets forløb."

Ganske rigtigt; nogle minutter efter hørtes en svirren i luften; lyden nærmede sig hytten, og Donsens sikre øje skelnede trods mørket sit bytte. Et drønende knald overdøvede tordenen, mens en dødsramt fugl med et kvask tumlede mod jorden få favne fra hyttens dør. Jens styrtede ud i regnen og hentede fuglen, som han rakte til dens banemand. Donsen tog den ved benene og strøg den ned ad ryggen: "En smuk andrik," sagde han. "Nu ræddes du aldrig mere for noget tordenvejr, stakkels dumrian! Du skulle bedre have kendt Donsens hytte og vidst, at hans bøsse sætter flere træffere end himlens lyn."

Alting flød nu med vand. Tre-fire gårdbrande skimtedes langt ude, og tordenen vedblev at ramle.

"Er det ikke en triumf," sagde Dons, "at jeg fattige mand, takket være denne lynafleder, kan sidde her i min stråhytte og se elementerne brydes, mens jeg ryger min snadde. Mennesket er da ikke helt en bold for skæbnen, og han er det stadig mindre og mindre. Husker du bibelstedet: "Og Gud kunne ikke besejre de folk i dalen, fordi de havde jernvogne" - nu kunne der tilføjes: "og lynafledere."

Da regnen et par timer senere var ophørt, tog Jens afsked med Dons og gik med mange tanker hjem over heden. Han overvejede endnu engang, hvad han og Dons havde drøftet sammen. Han blev altid så tankefuld ved at tale med den mand, med hvem man vandrede ligesom oppe i andre højder, hvorfra alle fraser og alt forlorent pjank var bandlyst. Hver gang man forlod ham, kom man hjem med et par fordomme mindre. I dag havde han lagt øksen ved roden af den gamle forsynstro. Og i modsætning til tidligere følte Jens, at han uden egentlig sorg kunne slippe den. Thi den stod nu kun i hans sind som en bladløs, trøsket ting, der rådnede ned over sin egen rod. Hvor forunderligt var ikke livet! Skulle man ikke tro, at mennesket var sat her i verden udelukkende for at spille komedie? Gik det ikke der og bekymrede sig for en sjæl, som det ikke havde, gøs for et helvede, som ikke var, og håbede på en himmel i det vigende æter, mens jorden, det eneste sikre og faste i alt det vigende, knap havde nogen interesse for det. Det ræddedes for en djævel, og der havde aldrig været nogen djævel til. Og skønt de forstandigste blandt de fødte slægter til alle tider havde været enige om, at gudsideen kun var en skæbnesvanger drøm, blev menneskene dog ved med at sende guddommen deres allerunderdanigste krav om bønhørelse her og forfremmelse der,

- som et postbud fortsætter med at nedlægge breve i en mands kasse, længe efter at han ligger død og kold på lejet.

Og under alt dette vedblev jorden at rulle videre, rulle videre . . . som en hest, der har afkastet sin rytter.

Med slige alvorlige tanker vandrede Jens hen under den stjerneflimrende nattehimmel. En enkelt gårdbrand kastede endnu et uhyggeligt skær hen over østens horisont, men månen kom snart op og fejede de sidste minder om uvejrets rasen bort fra himlen. Dens milde lys kærtegnede heden og funklede svagt i klokkelyngens regnfulde bægre; en døvende duft af regnmættet muld, af opsvulmet lav og svedende pors drev i usynlige bølger over lyngen. Forvågede lys, der var brændt ned i stagerne under den langvarige torden, slukkedes nu et for et omkring i de ensomtliggende gårde, mens himlen sænkede sine drømme over jorden.

17

En blæsende eftermiddag samme år gik Jens efter ploven langt ude på den anden side Engkjær og pløjede grønagre. Af alt arbejde huede dette ham bedst. Her kunne tankerne så dejligt styre deres egen vej, uden at arbejdet sinkedes. Markerne lå ribbede rundt om; vinden kom kold og snøftende ind fra vest og hvinede i hestenes gule haler; ploven flænsede i agerens grønsvær, mens skrigende måger med slatne vingeslag for ned i den friske plovfure for og bag ved spandet.

Jens gik tungt og tænksomt bag de svære, duvende øg. Hans sind havde den døende naturs lød. Stormen fejrede altså endnu en af hans somres ligbegængelse, Hvor trist var ikke den tid, da kreaturerne stod med bagen imod vinden og tyggede drøv og frøs, så tårerne trillede dem ned over næserne. Ingensinde året rundt følte han sin indestængthed dybere. I 20 år havde han nu gået i denne lille by, evig og altid med den samme horisont, pælet ind af en fortløbende række af hvide kirketårne. Det var hans livs symbolik. Takket være Donsen, troede han nu at have fået vinger, hvorpå han kunne sætte over disse stængende tårne. Og hvorfor ikke flyve ud, hvorfor ikke se sig lidt om på denne jord, før man en dag puttedes ned i den? Ja hvorfor tøvede han egentlig? Gjorde det ham ondt at forlade de gamle forældre? Åja, helt let var det ikke. Og Ane da? Å, Ane trøstede sig nok uden ham. Engang havde han troet livet umuligt uden hende, men siden hun var begyndt at lytte til præstesønnens lapsede smigrerier, havde Jens lønnet hende med kølighed.

Et halvt år efter var han i København. Det havde holdt hårdt, inden forældrene havde givet deres samtykke. Med sorg havde de begge været vidne til den vending, det havde taget med hans gudsforhold, og ofte var der i den anledning sammenstød mellem ham og hans nærmeste omgivelser. Og da nu Jens ønskede at forlade hjemmet, satte faderen sig først hårdt derimod. Det var atter Dons, der drog ham til undsætning ved at tilbyde at afholde de udgifter, der ville flyde af hans ophold i hovedstaden, et tilbud, der vakte ikke ringe forbavselse, da ingen antog, at Dons ejede mere end fra hånden og i munden.

Jens var søgt ind på en læreanstalt ude på en af broerne, hvor det var hans hensigt at læse til studentereksamen, mere for at give sig af med et systematisk arbejde end for at stryge skærver på eksamensvejen.

Anstaltens leder og eneste lærer var en undersætsig, krudtfyldt lille mand med gråsprængt skæg og livlige øjne bag guldbrillerne, - en varmblodig idealist, der i over en menneskealder havde undervist kreti og pleti med en aldrig kølnet iver og uden ringeste vederlag. Han kunne i undervisningstimen vride sine hænder i fortvivlelse over en glosebommert eller skænde som en grovsmed for en udeblivelse eller en fejlhuskning i Madvigs hellige grammatik og udstøde høje veklager mod den synder, der sjuskede og tillod sig at "øde de andres kostbare tid"; men han kunne også uden for timen lægge sin arm om en elevs skulder med en ynglings ild og med ciceroniansk veltalenhed midt i en lyshåret klynge af dæmrende ungdom tilrettelægge "de nye, skønne lærdomme", der var satte i omløb af hin store, tilbedte doktor, hvis billede hang over hans dør, og hvis værker lyste i hans reol.

Skolen var bygget på fællesundervisning, og det, der gav den sit præg, var den flok af unge københavnske borgerdøtre, der her tilbragte deres eftermiddagstimer og dannede duftende klynger omkring den gamle pædagogs armstol.

Aldrig i sit liv havde Jens drømt om så megen dejlighed. Her stod han første gang over for københavnerinderne; hvor syntes de ham bedårende! Deres hår stod i krus om deres tindinger, deres hænder var små og hvide, deres gang var den sirligste, han havde set. Og så lo de så henrivende med tirrende øjne og hvide, skinnende tænder.

Her var det, han første gang så Rigmor Klinger. Hun var en grossererdatter fra Voldkvarteret med ravnsort hår, brune, sugende øjne, fristende røde læber og kløft i hagen. Når hun lo, hvad hun gjorde for et godt ord, trådte der et elskeligt lille smilehul frem i venstre kind; og særlig betegnende for hende, når hun var alvorlig, var en trækning i højre mundvig, der mindede om den måde, hvorpå kaninen lugter til kålen, før den spiser.

Jens havde tildraget sig frk. Klingers opmærksomhed fra sin allerførste indtrædelse hos den gamle skolemand. Hans sværlemmede figur, hans klæders grove stof og bondske snit lod ham let træde frem blandt de andre blege soigneretheder. Især var det hans genstridige jyske tunge, der til pædagogens gru voldbrækkede på det ugudeligste ethvert andet tungemål, som gjorde ham til skive for de lattermilde ungmøers halvt hånske, halvt nysgerrige øjekast. Også frk. Klinger fandt, at "han var en underlig fisk", og nogle af hendes mest henrivende latterskalaer skabte hun i disse undervisningstimer under indflydelse af Jenses rent ud sagt hårrejsende frembringelser i den franske fonetik. Men hendes nysgerrighed steg efterhånden - hende selv temmelig uafvidende - til interesse, der under små samtaler på hjemvejen let og naturlig gled over i en begyndende forelskelse. En varm sommerdag, et halvt års tid senere, var de så gledet ind ad samme gadedør - hans gadedør. Og mens hun sad på hans sofa, urolig ved sin egen dristighed, havde han grebet hendes hvide, buttede hånd med de rosenrøde negle og en bestenet ring på lillefingeren og set på hende med bedende tårefyldte øjne. Et sekund senere havde han hvirvlet hende ind i sine arme og hjemsøgt hende med kys så vanvittige og brændende, som nogensinde en yngling havde ydet en kvinde i 18 graders réaumur.

I begyndelsen havde frk. Klinger set ganske håbløs og rødmende op på den stærke, unge mand, der så pludseligt, næsten voldsomt brød ind i hendes favn og fordrede hendes kærlighed, men efterhånden som hans hede gled over i hende, fandt hun hans opførsel selvsagt, og lidt efter lidt havde hendes dunede arme lukket sig om hans nakke.

18

De dage, der nu kom, var de rigeste i Jenses liv. Det var som om alle hans væsens vældkilder nu først begyndte at risle, som om glemte dages fattige minder igen steg op til overfladen for at bage sig i hans lykkes solglans. Hans hidtilværende leveår havde været en vandring under strenge øjne, et liv i længsel, der aldrig fandt hvile, i begær, der aldrig blev mættet. Hvert skridt ad denne vej var blevet mødt med et tordnende: "Du skal ikke - !" Men nu var det, som om livet var blevet træt af at forfølge ham; thi alt det, han hidtil havde længtes imod, havde i denne unge kvinde fået tifoldig opfyldelse. Alle de håbets duer, han havde sendt ud i verden, kom nu og satte sig på hendes skuldre; længslernes foreløbige mål var nået; som magneten, der står over sin pol, pegede de alle ned mod denne kvinde og hviskede: "Her!" Hans dage jog hen over ham som under beruselse, thi hun var altid ventet, og altid kom hun fuld af duft og latter. Hvor himmelsk at høre hendes små knoer banke sagte på døren, så åbne ganske lidt og med hamrende hjerte se spidsen af hendes sko, så svinge døren på vid gab og i næste nu føle hendes sorte lokker ringle mod ens kinder og hendes ånde kildre i ens hår!

Jens var ikke mere nogen forsager, tværtimod var hans erotiske trang stærkt udviklet. Der var en tid i hans liv, da religionen og angsten for helvede holdt denne stærke tilbøjelighed i skak, men efter at frygten var ledet væk, var hans handlekraft blevet større og den naturlige del af hans væsen mere fordrende. Han tænkte da sit eget om kærligheden. Som ingen fandt noget usømmeligt i støvblomstens befrugtning af hunblomsten, der ventede på sin stængel i dårende duften, således troede han, at der ville komme en tid, da de stærke ånder ville elske stærkt og nyde dybt, og som blomsterstøvet bares af vinden snart mod øst og snart mod vest, således ville de dage oprinde, da den menneskelige kærlighed ikke skulle være begrænset af latterlige hensyn til foged og præst. Under blodrig nyden og bredbarmet jubel skulle to unge mennesker, mand og kvinde, da svimle hen i salighed under Guds blå himmel, mens blomster duftede og fugle sang; og de skulle rejse sig fra deres leje, ikke som to misdædere, mod hvilke Gud ville sætte sit ansigt; men glade, som de, der havde fuldbyrdet naturens stærkeste kald, skulle de gå deres fremtid i møde uden samvittighedsnag eller syndserkendelse.

Hvad vedkom for øvrigt den hykleriske hobs moralske trosbekendelse ham! Havde nogen spurgt ham til råds ved dens affattelse? Den erotiske codex havde altid været det middel, hvorved en hob indvoldsløse oldinger med svækkede organer havde spærret andre ude fra de festretter, de selv var for affældige til at tåle.

Den erotiske moral stod som et runkent æble på gammeljomfruens lavbenede kommode; den erotiske henrykkelse med sine syv himle havde altid været et flammestængt paradis for den etiske hr. Gråskæg.

Det havde han nemmet i Donsens visdomsskole og senere fundet bekræftet i livet.

Og den lille, yndige frk. Klinger lagde ham ingen hindringer i vejen ved denne lidt dristige læres praktiske gennemførelse. Det var ikke hendes sag at spille krænket eller sidde dydig højhandsket ved kærlighedens gæstebud. Var de sammen, puttede hun sig ydmygt ind til ham og så tillidsfuld op på ham med sine store, kandisbrune øjne; det måtte for øvrigt så være hans sag, hvad han ville gøre med hende. Hun nærede ikke den ringeste ængstelse for, at han skulle gøre hende fortræd.

Og sådan elskede Jens hende og følte sig forpligtet til at handle varligt med hende og ikke med plump hånd afblade den fine duftende blomst, der i hendes kærlighed var blevet rakt ham. Og således levede de som et par gode børn - men børn, der allerede havde stiftet bekendtskab med ungdommens glæder.

Det var lykkedes frk. Klinger at skjule sin kærlighed for forældrene, skønt hendes usædvanlige livlighed og noget støjende opførsel flere gange havde forekommet, særlig moderen, påfaldende.

Nu nærmede man sig sommerferien, under hvilken Jens nødvendigvis måtte hjem, og denne udsigt til at skulle skilles for længere tid netop nu, da deres lykke var på sit højeste, bragte dem i forening til at udklække en plan, der, i fald den kronedes med held, i endnu højere grad skulle inderliggøre deres forhold.

Frk. Klinger havde en tante, der var gift med præsten i Jenses fødeby. Samme tante havde mere end en gang opfordret hende til at besøge dem i sommerferien; endnu var der stadig kommet noget i vejen. Nu gjaldt det om at overtale de gamle, så det måtte lykkes dette år, og de intetanende forældre lod sig virkelig tage ved næsen af den unge frøkens pågående og aldeles overvældende veltalenhed. En smuk dag i juni fulgte de da deres elskede datter på banegården og tilviftede hende et rørende farvel; de anede ikke, at en ung og lykkelig mand fra et nedslået kupévindue fulgte enhver af deres bevægelser og med særlig interesse iagttog deres bortgang. Ved næste station steg frk. Klinger ind i Jens' kupé, og de nåede deres bestemmelsessted, uden at nogen et eneste øjeblik havde kedet sig.

19

Det havde kostet frk. Klinger megen møje at berolige den forsigtige tante med hensyn til de daglige besøg, hun gjorde hos Mads Søndergaards. Men efter at den årvågne gamle dame var blevet smurt om munden med en passende hoben småløgne, hvoraf den, der gjorde bedst virkning, gik ud på, at Jens var en af hendes brors klassekammerater og en ven af huset, lod hun sig besnakke, men ophørte dog kun tilsyneladende med at have mistanke til frøkenen. Jens var gået mere lige til sagen.

Han havde en dag i overstrømmende lykke kastet sig om halsen på sin mor, - noget der ikke var hændt siden hans femte år, da slige ubeherskede ømhedsudbrud i vestjydens hjem anses for uklædelige barnagtigheder. Her havde han røbet den hele sammenhæng og med stærke ord fortalt hende om sine endnu stærkere følelser. Men den forstandige Margrethe havde rystet på sit grå hoved og kløet sig med strikkepinden bag øret og advaret ham imod at søge uden for sin stand. For det ville Vorherre sikkert ikke synes om, og hvad kunne ens gerninger nytte, når en ikke havde Vorherre med sig.

Mere blev der ikke talt om den ting. Margrethe lod sig snart vinde af frk. Klingers ligefremme naturlighed og hele hendes lille indsmigrende person, om hun end forfærdedes ved hendes uregelbundne kåde opførsel. Barnet sad endnu Rigmor i ærmet, og hun havde aldrig fået lov til at bevæge sig så utvungent, hvor kunne da nogen undre sig over, at hun benyttede sig af sin ret.

Jens, der måtte hjælpe forældrene i den travle høslæt, kunne ikke være meget hos hende, så længe solen stod på himlen, men Rigmor forstod at more sig endda. Hun drev det ugudeligste halløj med folk og fæ, så lang dagen var. Mest behagede hende opholdet i de store enge, hvor hun spillede slætpige og gjorde de hæderligste anstrengelser for at rive efter Jens, der var "spændt for knagen". Men hun trættedes tidligt, og hendes interesse for høbjærgningen blev først til gavns vågen, når leen havde blottet et humlebo, og Jens stak de honningfyldte voks"kander" til hendes læber og bad hende suge den søde saft til sig, mens de brune, plyndrede dyr for med rasende brummen rundt om hendes røde, frækt-opfæstede balladehat.

Også malkning interesserede hende levende, og det ville være "rædsom morsomt", om man turde prøve det.

Men de gamle, sidmavede køer var ikke til sinds at lade sig behandle af den første den bedste. Måske kunne de dog føres bag lyset; det gjaldt et krigspuds. Rigmor blev iført Margrethes gamle stribede skørt, fik et uldent tørklæde viklet om ørerne til værn mod dyrets hale og begyndte arbejdet under de heldigste varsler. Men de små bløde fingres uvante greb om de mælkespændte kopatter vakte snart det kloge dyrs mistanke; en krænket drynen efterfulgt af et velrettet spark gjorde en brat ende på hendes forfængelige forsøg i malkefaget.

Rigmor var stærkt forbavset over alt det nye, der vældede ind på hende; alt var "så rædsom morsomt", så uligt hendes tilvante levevis, og tiden løb, let og muntert, som en dans under bøge, mens hun lod sine fyldige hvide arme og sin endnu hvidere nakke brunes af hedesolens skoldende stråler.

Så snart Jens var færdig i engene, kom han til hende, munter og ildnet af dagens arbejde. Men det kunne trække artigt længe ud imellem. En dag havde vejret været usædvanlig smukt; alle mænd, der kunne løfte en rive, var på engen, hvor de duftende høstakke blev endevendt, splittet og hvervet efter alle kunstens regler. Alle hattene sad bag i nakken; karlenes ansigter glinsede af sved og gammeløl, pigerne hvinede for et godt ord og tjattede overgivent mændene med riven; barbenede småpurke med balancesøgende armbevægelser og alt for lange bukser løb mellem engen og hjemmene med tejner, dunke og brændevinsflasker, mens storken, rolig og selvfølende, gik inde mellem stakkene og iagttog tingenes gang gennem de kloge, sammenknebne øjne. Efter en sådan dag er der megen hede under dobbeltsengenes lispundtunge bondedyner og megen løndomsfuld hvisken rundt om på de friskduftende høhjaller.

Denne nat klokken 12 vågnede Rigmor ved, at Jens bankede på hendes kammervindue, der vendte ud mod præstegårdshaven. Ruden åbnedes svagt: "Lille Rigmor, kom ud til mig, natten er så skøn."

"Jens dog, hvor kan det falde dig ind! Ved du ikke, hvor strengt min tante i den senere tid våger over min nattesøvn?"

"Kommer du ikke, bliver jeg her ved dit vindue hele natten."

Det var en anden sag.

"Jeg skal nok komme ud til dig," sagde hun lavt og med dvælen på hvert ord.

"Tak Rigmor! Men tag støvler på, for der falder megen dug."

Jens gjorde et sving ned gennem haven; der hørtes andeskræp ude fra de flægombæltede åsteder, og højt omme på østhimlen stod Mars med sin røde lygte. I præstegården sov alt, kun en hund skurede sin lænke mod stenbroen i et af gårdens hjørner, og en hest, der vendte sig under stønnen i sin bås, slog en sko imod spiltovet. - Rigmor lyttede spændt ved dør og væg, inden hun fuldt påklædt steg op i vindueskarmen. Jens tog hende henrykt på sin arm og bar hende ud gennem havelågen og et langt stykke ned ad den dugvåde sti, der over bakkernes vidje- og gyvelbuske fører til engen.

Her, hvor der for nogle timer siden havde lydt råb og latter og arbejdslarm, herskede nu en dybets tavshed. Al-

lerede ved nedstigningen mødtes de af den dugfriske duft
fra naturens sovekammer, en duft af alt det, man ikke ser,
men kun aner. Engen lå som et tavlet felt af dampende
grøfter helt ind under de fjerne bakker, og hvert lille mo-
sehul stod og småsydede med et par af nattens stjerner
sitrende i sit spejl.

Jens og Rigmor gled, grebne af denne trolddom, hen
over engens flade; det bløde mos løftede sig under deres
fødder, og den lange, dugstænkede svingel kildrede deres
ben.

"Hvad synes du om'et her, Rigmor?"

"Jeg er glad ved at gå her ved din arm, men jeg ville
være bange, om jeg var alene. For nu kan man jo slet ikke
se land mere. Det er som at gå på bunden af et vand. Men
Jens, hvad er det for et lys derude? og et til og endnu et?"

"Se, se! der har vi lygtemændene!" Det gav et ryk i
Rigmor: "Jamen, Jens -!"

"Du er da ikke bange; tror du virkeligt på den barneslad-
der?"

"Nej, men bedstemor har sagt, at lygtemænd meget godt
kan gøre fortræd, hvis de vil."

"Så vil de sikkert ikke; for nu har jeg færdedes her i tyve
år og set dem opføre deres grinagtige danse nat efter nat,
uden at de har gjort mig noget. - Min lille Rigmor skulle
blive lidt fortroligere med naturen, da ville du lære, at i
samlivet med den er der skænket mennesket den inderlig-
ste, reneste og mindst selviske af alle følelser."

Hans venstre arm var gledet om hendes nakke, og med
den ene hånd under hendes hage og den anden lagt let hen
over hendes pande søgte han lempeligt at tvinge hendes
hoved tilbage.

"Hvad vil du, Jens?" spurgte hun stille; hun troede, han
søgte et kys.

"Jeg ville se, hvordan disse stjerner tager sig ud i dine
øjne."

"Jens!" Hun snoede sig ind til ham og for med kys henover hans mund og kinder.

"Du synes altså helt godt om at gå hernede i mit barndomsrige?"

"O, ja, Jens!"

"Her har jeg gået nat efter nat og ønsket mig død, fordi jeg var så ulykkelig; i aften ville jeg ønske, jeg havde tusind liv og kunne skænke dig dem alle."

De talte så mangt om kærlighed, som alle elskende under nattens blide stjerner. Hans ord faldt glødende og stærke som mejselhug, men hendes var stille og blide som rosenblades fald i sand.

På en gang standsed han og spurgte: "Hører du denne lyd?"

"Ja, hvad er det?"

"Det er toflen eller bekkasinen, der foredrager sin serenade. Hør! Først en lang, durende trommehvirvel oppefra og ned og så tilbage den samme vej: Hyp!- hyp!-hyp!-hyp! og dette den hele, lyse sommernat. Og alle disse halsbrækkende badutspring mellem himmel og jord blot for at behage en lille uanselig, grå én, der sidder under en svingelbusk og lytter til med et par blanke øjne.

Deres fødder havde flyttet sig fremad, uden at de selv vidste rigtig deraf. Omsider stod de på bredden af åen, hvorfra dampen steg op som røg af et bål.

En tid gik de frem og tilbage og hørte det lunkne vand klunke mod bredden. På en gang hjemsøgtes Jens af et lystigt indfald: "Et bad! Hvor henrivende at få sig et bad! Du bliver her, jeg går et stykke højere op. Intet er så guddommeligt som et dampende åbad ved midnatstide."

"Ja men Jens, går det virkelig an -?"

"De klare øjne histoppe, de ser os vel, men de sladrer ikke. Vær du uden frygt!"

"Men du må love mig -"

"Stol du på mig!"

Kort tid efter favnedes de af den samme strøm. De små bølger slikkede op ad deres lemmer, lunkne og bløde som hundetunger, mens de tætte dampe skjulte dem for hinanden.

På en gang hørte Jens et skrig. Hvad, Rigmor skreg? Var hun blevet angst eller måske syg? Strømmen bar ham halvt imod hans vilje ned imod hende. Han var allerede så nær, at han skimtede hendes hvide legeme og så, hvor hun anstrængte sig for at komme i land. Men så snart hun blev opmærksom på hans hoved i vandskorpen, skreg hun endnu vildere.

"Jens, du må ikke, du må ikke!"

"Hvorfor skreg du, Rigmor?"

"Jeg blev så bange, men - å, du må ikke, hører du, Jens - - så skal jeg fortælle dig det siden."

Jens vendte om. Lidt efter kom han fuldt påklædt ned til Rigmor, der sad i græsset og bandt sine strømpebånd. Han bøjede sig ned til hende og spurgte: "Hvad var det så, der gjorde dig så bange?"

"Å Jens, lige da jeg var kommet midtstrøms, blev der en forfærdelig støj derhenne under den høje banke -"

"Nå, Troldbanken!"

"Hedder den Troldbanken? Ja men så -"

"Å snak! Hvad så mere?"

"Så var det, ligesom om store fugle fløj bort i luften."

"Du kan være overbevist om, at de heller ikke har været så små, men nogle regulære, fede vildænder, der har ligget og blundet derinde mellem de store dunhamre og så er vågnet op og er blevet overrasket ved at finde et lille plaskende væsen i deres nærhed."

Og han bøjede sig endnu dybere over hende og lo ad hendes frygt, til hun selv lo med.

Det friske bad i den lyse sommernat havde ildnet deres blod og gjort dem begge glade og overgivne.

Deres kys blev hedere og hedere, deres kærtegn ømmere og ømmere, indtil de, som grebne af et uimodståeligt bud, vred sig op i hinandens favn som to spåner, der brænder i én flamme.

20

Det var deres lykkes sidste opblussen, før den slukkedes.

Få dage efter forlod Rigmor præstegården. Ved en tjenestepiges sladderagtighed var det kommet for en dag, at Rigmor havde været ude om natten og først var vendt hjem henad morgenstunden med våde støvler og nedtrådt skoning. Det var kommet til bevægede scener med den strenge tante, og præsten havde skrevet til hendes forældre, at under disse forhold kunne hverken han eller hans kone påtage sig ansvaret for Rigmors handlinger. En følge af dette brev var Rigmors øjeblikkelige hjemkaldelse. Hun fik lige tid til at varsko Jens om sin afrejse. Jens ville under ingen omstændigheder slippe hende; der blev da i al stilhed truffet den aftale, at ligesom de var kommet til egnen sammen, skulle de rejse hjem sammen; men for at vildlede gemytterne skulle Jens denne gang stige ind i toget på en forudgående station. Som tænkt så gjort. Jens holdt allerede for den station, hvor Rigmor skulle stige på, tanten fældede tårer, og forsoningen var i stand, da den gamle præst, der ivrigt vimsede omkring for at finde den bekvemmeste plads til sin lille slægtning, lagde hånden på dørgrebet til en 2. klasses kupé og rev døren op med et rask tag; et udråb af vrede og forbavselse undslap ham, thi lige inden for døren på det polstrede sæde sad den, som de hele tiden havde flygtet for. Jens gjorde en ærgerlig grimasse, og præsten for stakåndet af sted til sin kone; det var nær blevet til skandale, præstekonen brugte grov mund, og præsten ville forbyde Rigmor at rejse med dette tog. Rigmor tog dog sagen overtvært, og for rigtig at understrege sin holdning svang hun sig op i kupéen til Jens lige for næsen af de afmægtige gamle.

Alt dette blev pr. omgående meddelt forældrene i en harmdirrende skrivelse fra de to sædeligt rystede præstefolk.

Jens og Rigmor anede begge, at et ondt vejr stod for døren, og det var med tunge hjerter og endnu tungere løfter om gensidig udholdenhed i nøden, at de sagde farvel til hinanden. Da Rigmor ikke havde meldt forældrene sin ankomsttid, havde der ingen været på banegården for at tage imod hende. Jens havde da tilbudt at ledsage hende hjem for selv at tage de værste stød, men Rigmor havde bedt om at måtte ride stormen af alene. Og med en trykkende fornemmelse i hjertekulen havde han set hendes drosche svinde bag det nærmeste gadehjørne.

Der gik dage fulde af bange venten. Rigmor kom ikke, ikke på hans værelse, ikke på skolen heller. Jens pintes frygteligt. Havde han alligevel ikke begået en dumhed, da han lod hende køre hjem alene; sagen stod måske værre, end han anede; havde man kanske allerede taget hans lykke fra ham. Han måtte ud af denne kvælende uvished. Men just som han havde iført sig sit bedste tøj for at gå op og banke på i det ubekendte hus, indløb der følgende papir:

"Kære Jens!

Jeg har aldrig haft så tung en stund som denne. I disse få linjer, der bliver de sidste, du får fra mig, må jeg sige dig, at jeg aldrig mere tør se dig eller kendes ved dig. Mit hjerte hulker ved at skrive det: - Alt må være forbi imellem os! Det er min fars ubøjelige forlangende, om jeg da ellers vil anses for hans datter. I morgen rejser han med mig over til min onkel i Sverige. Tilgiv mig, du den eneste, jeg har elsket! Og tænk aldrig med vrede på din grænseløst ulykkelige Rigmor."

Det sank ned om Jens som et jordskred. Han blev siddende denne formiddag på sin stol næsten uden bevægelse. Kun engang imellem udstødte han en syg stønnen. Hans pande svedte, og han syntes, han kunne briste i en endeløs gråd; og dog kom der ikke en tåre i hans øjne; det var som om gråden var stivnet i sine kilder. Men dybt nede under al gråd og beklemthed var det, som om der fødtes en klage, et skrig som det den druknende udstøder, før han synker. Time fulgte time; han forandrede ikke sin stilling. Værtinden tog i hans dør for at bringe ham middagsmaden; han vendte sig ikke engang; et postbud bankede på, han rørte sig ikke af stedet. Først ud på eftermiddagen rejste han sig besværligt op og gik stille over gulvet hen til vinduet og så ud, men af det, der foregik herude, så han intet; hans tomme blik stirrede kun i den samme endeløse afgrund i hans eget indre.

På én gang skiftede hans ansigt udseende. Alle de af sorgen hærgede træk, fra hvilke al vilje var veget bort, sitrede tilbage til deres naturlige leje; det var tydeligt, at en beslutning havde tændt sit lys i hans sind.

Kort efter stod han uden for grosserer Klingers port. Han gik op ad en rummelig trappe, der ved sine magelige, brede trin og sin tæppebelagte pragt antydede, at den førte op til højere magter, end han var herre over: penge og velvære.

På anden sal standsede han og læste grossererens navn på en stor messingplade, og efter at have strøget sig over sit ansigt med lommetørklædet og forvisset sig om, at hans nye hat ikke havde sat sort stribe i hans svedende pande, trykkede han en finger mod den elektriske klokkes gummiknap. En tjenestepige åbnede døren. Jens rakte hende sit kort og bad hende bringe det til hr. grossereren. Efter nogle sekunders forløb vendte pigen tilbage med kortet og sagde med spotsk mine, at herren frarådede ham at ulejlige sig oftere, da han aldeles ikke agtede at tale med ham.

Jens blev ildrød af vrede; han stod endnu nogle sekunder, efter at pigen havde knaldet døren i, som overvejede han, om han skulle sprænge fyldingen med sin støvlehæl. Derpå vendte han sig med et suk og gik.

Trapperne knirkede hånende efter ham.

21

Efter tabet af Rigmor var Jens egentlig færdig med København. Hans tilbøjelighed for denne by havde aldrig været udpræget. Han var af dem, der hellere ville stå i nattens stilhed og lytte end rulle med i denne uendelighed af bevægelse, fodtramp og bulder. Især følte han sig ilde i de store hovedgader, hvor alle disse pæne, ham uvedkommende mennesker gik og gned farven af hans vadmelsjakke, uden at han kendte en eneste af disse skarer, der evigt stimede om ham som fisk om en bropille. Han gøs for at komme ind i denne strøm, hvor al ens personlighed udviskedes, hvor individerne skrabede mod hverandre, indtil de forvandledes til en art rullesten uden egen vilje og egen bevægelse. Hellere tyede han da ind i den snævre gyde med dens hundrede væskende kælderhalse, dens udhængte bylter af pjalter og snavsede sko, dens skøger og rendestene, der fulgte ham med indsmigrende stank.

Der var et svælgende dyb befæstet mellem by og land. Den, hvis øje vår efter vår havde indsuget den første engblommes blide farveynde, - hvis øre gennem år har inddrukket den første lærkes bævende trille, vil altid føle sig som en hjemløs i den store by.

Til den stigende uvilje mod hovedstadslivet føjede sig en dybere og dybere lede ved eksamensbøgerne. Hjemme bestilte han kun lidt, og hos pædagogen kom han kun sjældent, dels fordi han ville undgå hans vedholdende fritterier angående hans bleghed, hans forsømmelse, hans skyhed, dels også, fordi han ikke kunne udholde at se den stol tom, der hidtil havde været optaget af den kvinde, til hvem hans første blik var gået, hver gang han var trådt over skolens tærskel.

En forårsdag fik Jens så brev fra Donsen, at hvis han ville se sin mor levende, måtte han skynde sig hjem, da hun øjensynligt ikke havde mange grader at give af. Denne meddelelse kom ingenlunde uforberedt for Jens. Selv om hun i sommerferien, da han sidst så hende, endnu udførte sit arbejde, fordi det ikke var Margrethes vane at give sig, før det gjordes hårdt nødvendigt, så var det dog tydeligt for sønnen, at hendes tid ikke ville blive lang. De forhen så skønne øjne havde suget mere og mere sorg i sig, og deres i forvejen så store vemod fremhævedes endnu mere af et blygråt drag, der var som selve den synliggjorte lidelse.

Da Jens stod i barndomshjemmet var hun endnu oven senge, om end al hendes bevægelighed indskrænkede sig til en krumbøjet listen langs den store skammel, stadig med hånden mod det syge bryst.

"Der er ingen fryd i kroppen mere," klagede hun.

Hun livede op et øjeblik, da hun så sønnen. Det var en af de ting, der havde pint hende dybest i de lange, søvnløse nætter, at hun vel ikke ville få ham at se mere. Han var jo i de sidste år blevet hendes smertens barn, havde svigtet sin mors tro og var vandret over til fremmede guder. Det havde fyldt hendes hjerte med sorg, og hun ængstedes for, at Vorherre ville kræve hende hårdt til regnskab for den søn, der var alt for langt borte til at høre hendes formanende ord.

De første dage efter hans hjemkomst var der dog stilhed om dette kildne punkt, og Margrethe indskrænkede sig til at udfritte ham om hans ophold i København, især var det hende om at gøre at få på det rene, hvem der syede og stoppede for ham, og om de gjorde det forsvarligt, om han havde holdt godt af de dejlige uldne sokker, hun havde givet ham med, og om der derovre var nogen lejlighed til at komme i "Guds Hus".

Jens gav hende så fyldige og tilfredsstillende oplysninger angående de første punkter, at hun ikke mærkede, hun blev narret for svaret på det sidste.

I en månedstid havde Margrethe ikke været uden for døren, men en forårsdag, da de kønrøgfarvede stolper i salsvæggens okkergule bindingsværksmur var ophedede som kakkelovne af de indsugede solstråler, fik hun lyst til ved Jens' hånd at blive hjulpet ud til brønden for at se ned i dens mørke, rolige vand. Længe stod hun bøjet over den frønnede træramme som for rigtig levende at indprente sig billedet af den lille, blanke kilde, om hvilken hendes fattige liv var gået i kreds fra vuggen til nu, hun skulle dø.

"Så højt vandet dog står i kjelden på denne årsens tid!" sagde hun. En stund efter føjede hun til med et suk: "Ja, bitte Jens, næste år ved denne tid kigger vi to ikke i kjelde sammen. Uglen stod i går på ladelængen i over et kvarter, og da drengen smed en kæp efter den, fløj den hen og satte sig på stuehuset lige over min seng. Det er aldrig for det gode, når den fugl søger til huse. Men en må jo være beredt, når Guds time er der."

"Uglerne strejfer så meget omkring i denne tid," sagde Jens, "fordi man har reparationsarbejde for med kirketårnet."

Margrethe, der i denne bemærkning skimtede tidens vantro, fæstede sine tunge øjne på ham og sagde: "Din erfaring rækker ikke langt, mit barn, og Guds vilje skal ingen gå i rette med."

I det samme gled en let skygge hen over gårdspladsen, og en spraglet fugl dalede med bløde vingeslag ned på hustaget.

"Å! Å! der har en den igen!" stønnede Margrethe og støttede sig tungt til brøndrammen. "Tag min hånd, Jens, og hjælp mig ind, a blir da så hwingel i mit gamle hoved. Den grimme fugl, se hvor han glor på mig! Sådan hented han også min salig mor."

"Å, mor, tal ikke om at dø nu, da alting tænker på at leve. I Går fandt jeg de første vibeæg; hver morgen ligger der et nyslikket lam i fårestien, og se blot ud af gårdsleddet, hvor rugen grønnes i toften. Det milde solskin, der nu drysser ned over egnen, kan måske også drive dødskulden ud af dine lemmer."

Margrethe rystede tvivlende på hovedet og pegede på uglen, mens hun ved sønnens arm vaklede ind ad gangdøren.

Samme dag gik hun til sengs for aldrig at rejse sig mere. Hun led meget, som alle der dør uden endnu at have levet deres alder ud. Sine sidste kræfter brugte hun til at foreholde Jens hans barnetro. Disse omvendelsesforsøg var meget pinlige for ham. Hvor nødigt ville han ikke såre denne lidende, gamle mor, der hældede sig frem over sin sengestok og talte til ham med en sær blanding af feberens ild og dødens mørke i de store, fagre øjne. Med bondekonens hele egensindige stædighed fastholdt hun sin religiøse opfattelse som den eneste tænkelige, og hun troede lidenskabeligt, at Vorherre ville tugte hende hisset, hvis hun ikke benyttede sit sidste åndedræt til at indprente en lære, der, havde været lige ved at tage hendes søns forstand.

Døden, den uafvendelige, nærmede sig lydløst og listende. Alle vidste, den var i huset, skønt ingen nænnede at sige et ord derom. Stuen, hvori den døende lå, var trist som et gravkammer. Hen under det lave lofts svære fyrrebjælker lå der en fed, egenartet dunst af svedige lagener og vamle mediciner. Et lille vækkeur hang på et søm og skar tiden i hakkelse med sløve metalhug. To tykke møl legede en sanseløs dødedans omkring tællelyset, hvis kummerlige skin forøgede den følelse af nedstemthed og uhygge, der altid ruger over en døendes seng.

Jens' fortvivlelse drev ham ud af huset. Udenfor var det dyb nat. En hvas blæst strøg omkring gårdens vindslidte tage og hvinede klagende i de nys udsprungne piletræer; mælkebøtten slog sit halvtudfoldede gule hoved mod grønningen, og månen for ind i skyerne som en olm tyr og kom ud på den anden side med splittede trævler på sine horn.

I slige nætter omkastes mangt et gammelt træ, der fik brud på marven under højvinterens sne; i slige nætter besøger døden helst de ensomme, små landsbyer og henter de forpinte stakler, der har ligget og ventet ham med åbne øjne de lange, kvalfyldte mørkestunder.

Jens gik et par gange rundt om gården. Skønt blæsten buldrede mod hans trommehinder, kølede det så rart på de brændende tindinger og de forgrædte øjne.

Hvorfor skulle han nu miste denne mor? Hvorfor skulle han ribbes for alt det, som det havde været ham kært at tænke på? Med hende flyede en af de milde magter, på hvilke hans liv havde været så fattig. Å, om han kunne holde hende tilbage! Om han kunne standse skæbnens ubønhørlige vogn, hvis hjul var i færd med at gå over hans moders bryst! Der var en tid, han kunne bede, men når han nu forsøgte det, følte han noget i sig som fuglen, der prøver at løfte en knækket vinge.

Og ville det ikke være en forbrydelse af ham, fritænkeren, at gøre kunster her foran sin mors dødsseng? Thi troede vel han på bønnens magt? Ventede han den ringeste hjælp fra de fjerne himle?

Nej, det var netop i stunder som disse, at man måtte være på post. Thi det var i slige stunder, da man sad bøjet og bange, at man fik besøg af gamle, afviste meninger, der benyttede sig af ens sorg til at trænge ind i ens sjæl på ny og overtale en til at handle uærligt mod sig selv. De var som påtrængende skyldnere, der altid indfinder sig, når en krise går over ens tag.

Og han knyttede sine hænder, for at de ikke skulle finde hinanden i bønnen og vanære ham.

Da Jens vendte tilbage til sygekammeret, var dødskampen allerede indtrådt. Han gik hen til sengen og tog moderens magre, gennemsigtige hånd, der endnu var ru og hård af tungt arbejde, mens han med skælvende nerver, halvt i gys og halvt i forsken, iagttog, hvorledes en sjæl vakler over evighedens tærskel.

Et kvarter senere lå Margrethe som lig i den seng, hvor hun selv var født, og hvor hun havde født alle sine børn til verden. Og otte dage efter kørtes hendes kiste ud forbi de mange små grønne rugvange op til hendes fødesogns gråstensindgærdede kirkegård.

22

For første gang i sit liv havde Jens set ind i to bristende øjne. Det skulle ikke gøre hans sorg mindre, at disse øjne var hans mors. Han tænkte da nu om lykken som den gennemblødte om regnen: Lad det kun regne, jeg kan ikke blive vådere, end jeg er! Hendes bortgang havde ramt ham ved roden som et øksehug. Han var vokset op i hendes skygge. Ubevidst havde han inddrukket hendes tunge livsbetragtning, der havde suget næring af års skuffelser og savn. To ting havde hun indskærpet ham som barn: gudsfrygt og arbejde. Af disse havde han måttet kaste den første fra sig for ikke at knuses under dens malmvægt. Men en tid havde han følt det, som havde han stødt sin mor langt fra sig ved denne handling, og da havde hans frigjorthed tynget på ham næsten som en forbandelse. Ak, hvorfor tvang livet en til at handle ondt og hårdt mod dem, man elskede mest? Hvorfor var enhver, der ville hævde sig selv, nødt til at træde på varme hjerter? Å, om man havde råd til at være god og mild! Om der levnedes en tid til at agte på bønnen i et dugget øje! Men livet stod alle vegne over for en med jernhandsker og drev os ud i hårdhed med knut i hånd!

Sådan kredsede nu hans fortvivlede tanker om moderens død som fuglen om hovedet af den plovmand, der har nedpløjet dens rede.

Også Mads Søndergaards lille magre skikkelse havde fået et uoprettelig knug ved Margrethes bortgang.

I 25 år havde de daglig gået side om side som to trofaste væsner i det samme spand, havde båret de samme byrder, delt de samme ængstelser for børn og udkomme; aldrig havde de været adskilte blot for en nat, og nu var de adskilte ved det bredeste af alle svælg: graven. Mads' lille person blev endnu mere kroget over ryggen. Nu og da overraskedes han ude i marken, hvor han kunne sidde sammenbøjet på et dige og snakke højt og grædende med sin Gud og skæbne.

Det var under indflydelse af denne sorg, at han en dag tilbød Jens gården. Der var aldrig tidligere blevet talt et ord om den sag, Jens stod derfor til en begyndelse noget tvivlrådig over for tilbudet, men jo mere han overvejede det, des klarere blev det ham, at hans tidligere længsel bort fra bondens trange dont kun havde været forfængelig barnetant, den dårlige soldats fristelse til at forlade sin post. Alt overvejet, var den gamle sele måske den, der gnavede mindst. Han havde set sig nok omkring i livet til at vide, at der ikke var den forskel på lykke i de forskellige stænder, at det for den sags skyld var umagen værd at arbejde sig fra den ene op i den anden.

Han havde endnu ikke glemt sine iagttagelser fra den store by. Selv havde han følt sig til mode som et saltvandsvæsen, der er kastet ud i fersk vand, og skuffelser og lede havde været de karaktermærker, der oftest havde mødt ham, når han derinde spejdede efter i sine omgivelsers træk. Han havde i teatrene set de velhavende unge fruer holde deres små behandskede hænder op for munden for at skjule en hjertelig gaben, og han havde på varietéerne mødt en ungdom, der med sløve øjne og tvungne smil fulgte de tarvelige fjællebodsløjer, mens de fyldte sig med øl, så de svinglede. Han vidste vel, at der var en elite af mænd, der vedligeholdt den hellige ild, der med kortere eller længere mellemrum bragte den stivnede samfundsvilje til at syde - forskere, kunstnere, digtere - men der var få, der vidste de mænds adresse, og deres popularitet tålte ingen sammenligning med en varietéstjernes eller den af alle guder begunstigede, der havde skrevet den sidste forstadsrevy.

Han havde derinde truffet folk, der havde rejst meget, og han havde spejdet efter i deres ansigt, om de havde været gladere, når de vendte hjem, end når de drog ud, og han havde ikke sporet nogen forandring i deres væsen, men ofte var de, der rejste ud med de største forhåbninger om foryngende indtryksrigdom, vendt tilbage med en kuffert fuld af skiddent linned som rejsens væsentligste resultat.

Hvorfor da drage sine skuffelser i møde, de opsøgte tidsnok en, hvor man var.

Ved slige betragtninger søgte han at afvæbne den sidste tvivl om rigtigheden af det forsæt, for alvor at lade sig binde til den lille by, der lå dernede i dalen med aftenlys over sig og røg af sine skæve skorstene, mens den kogte sin nadvergrød.

Dette forsæt modnedes til beslutning en forårsdag, da han var steget op på en gravhøj, der lå på et lyngklædt bakkedrag, hvorfra hans fødegårds jorder sås som et solbelyst felt af fjorgule agre og marts-grønne rugvange. Her var hans slægts Marathonslette!

I et par hundrede år havde gården været i familiens eje. En mager og fattig jord, der aldrig havde givet sine dyrkere mere end fra hånden og i munden, med seksten timers arbejdsdag kunne det lige give vælling til middag og grød til kvæld.

En utaknemmelig jord at lægge kræfterne i, sand i øst og sten i vest; hist bed sommertørken akset over og gjorde stråe to knæ kortere; her klemte vinterkulden de spirende korn, så de trak de nervefine rødder op under sig og døde.

Jens vidste alt for godt af erfaring, hvilke krav der her ville stilles til hans tålmodighed, men det var jo netop det barske ved denne grund, der havde knyttet ham så uløseligt til den. Aldrig ville han have kunnet elske øboens smilende humlehaver, som han elskede disse genstridige bakker og kolde sænkninger, hvor der lå barske minder i hver en fure.

Her havde de gået, de tunge, knoklede mænd, der var hans forfædre. Naget af utøj og bøjet af arbejde havde de ført deres skrøbelige pindevogne og deres magre øg over disse jorder i sol som i regn, sjældent glade, ofte bekymrede, truede af fogdens pisk, ængstede af præstens helvede, slidte af skatter og landgilde. Nu lå de alle deroppe ved den hvide kirkemur og ventede på opstandelsen.

Disse ærlige stræberes myreflid havde helliget disse marker for ham. Men samtidig havde de efterladt ham en arv, der havde ligget som et blyåg på hans skuldre i mere end tyve år og gjort hans skridt vaklende og tunge. Hele deres værkbrudne livsbetragtning, der kanske passede godt til folk, for hvem livet havde været en slaveanstalt, havde de ladt tilbage, så det havde spøgt efter dem gennem al hans barndom.

Men fra de åndslænker, som de havde båret, følte han sig løst. Hans sind husede ikke mere nogen frygt for hans slægts onde og straffende afguder, men bredskuldret og sund skulle han nynnende bære sin sædekurv hen over den jord, som de havde pløjet med djævlen på skrævs over plovåsen.

Jens kastede endnu engang et erobrende blik omkring sig. Solens gyldne lys brændte i et glasskår ude på brakjorden og slog syvfarvede gnister af duggen rundt om på de blågrønne rugblade, en let morgendamp lå avlende hen over jorden, og nede i engene gled åen bred og svanger ud mod nordhimlen.

Med lysende øjne gik Jens ned ad højen og hjem. Her opsøgte han faderen og sagde uden ringeste indledning:"Så tar a gården!"

Skyndte sig så ud i huggehuset og fandt sine træsko, der havde ventet på ham i al den tid, han havde været borte, gik derfra hen i laden, bredte et udlæg ud over loen, greb plejlen og begyndte at tærske.

Hans lidenskab for arbejdet øgedes med hvert slag. Plejlbulderet durede hen under stråtaget og bragte det til at dirre rundt om i det møre sparreværk. Slaglen krummede sig som en tynd gren om neget, mens handlen løb varm i hans store hænder.

Der gik en jubel gennem hans blod, som han ikke havde kendt i mange tider. Med en egen tindrende glæde følte han, at han var et muldets barn, bundet med uoverrivelige bånd til sine fædres jord.

En betagende lethedsfølelse sneg sig ind i hans nerver, muldets kræfter steg op om hans ben og hedede hans marv. Uvilkårlig brast han i en latter, meningsløs og ubetvingelig, mens plejlen blev ved at suse.

Hvor han dog havde været blind og tåbelig, at han havde kunnet tro, at hans lykke kunne modnes under nogen anden himmel end den, der kuplede sig der udenfor! Og han havde søgt glæden i den fjerne hovedstad, der kun havde budt ham kulde og skuffelser. Hvorfor havde han ikke søgt den, hvor den virkelig var? Her var den jo. Her! Her!

Og plejlen sang gennem luften, mens negene hoppede og vred sig under de rasende slag.

Midt mellem to plejldrøn skød Rigmors lokkede hoved op i hans tanker.

Havde han egentlig nogensinde troet på, at han i længden kunne have gjort den lille skabning lykkelig, der en tid havde sprællet så yndefuldt i hans garn? Havde han ikke langt snarere glædet sig over hende, som man glæder sig over et herligt fund, der dog om kortere eller længere tid må afleveres til rette vedkommende? Thi så gal havde han for Guds skyld vel aldrig været, at han havde tænkt på at gøre Rigmor til bondekone? Han truede ad denne forestilling med plejlen, som han krystede fastere for at give tanken en anden retning.

Med et stod Ane på lette sko for hans minde. - Plejlen sejlede langsomt og eftertænksomt ned over negene.

- Ane havde jo ikke bundet sig endnu; Ane, der var sund og skinnende som en ung fole, - kunne han få nogen bedre kone? Nej, Ane var hans ganning!

Men Ane havde holdt ham for nar; havde lagt sig efter præstesønnen, havde også ladet sig forære et sjal, som hun havde været fræk nok til at bære en dag, hun besøgte Jens. Den dag kunne han have pryglet hende. . . således!

Han rettede plejlen mod et nyt neg, der lå lidt fra de øvrige med et stramt bånd omkring. Jens lod slagene hagle ned over det, mens han talte vrede ord til det. Neget hoppede højt i vejret, vred sig ud til siden, slængte sig op mod væggen og fægtede vildt i luften med de brudte strå. Men Jens var over det med plejlen alle vegne, mens han mumlede afbidte sætninger mellem tænderne: "Nu skal du få kanel!" - Svup! Svup! - "Tror du jeg har glemt dine kunster!" - Svup! - "Bild dig ikke ind, du kan løbe fra mig!" - Svup! Svup! - "Har du også i nat været hos ham- præstedrengen! " - Svup! - "Tøjte! Tøjte!"

Men pludselig grebes han af en grænseløs anger. Scenen fra åen var trådt ind i hans erindring. Han slængte plejlen fra sig og kastede sig ned over neget med bønner om tilgivelse som hin aften, da Ane var vågnet til liv i hans mors seng.

Lidt efter rejste han sig slukøret op.

Var han blevet tumpet! Lå han ikke her og favntog et halmknippe midt på et koldt logulv!

Men et stod fast: Ane måtte blive hans hustru. Endnu i morgen ville han knytte den gamle, bristede forbindelse.

Og hans tanker legede omkring Anes kælne ynde og tegnede dristige billeder af deres fremtidslykke, som barnet tegner figurer i rudens dug.

Men hønsene kaglede for det åbne logab, og plejlslagene dundrede og dundrede.